君島《きみしま》由香里《ゆかり》
結城《ゆうき》アリサ

そして、手には大剣を握っていた。
あんな物で斬られたら、
一撃で即死だろう。
俺はドアが開くか確かめてみた。
ダメだ、開かない。
オークジェネラルを倒すしか
生き残る道はないようだ。
榊《さかき》 緑夢《グリム》

生活魔法使いの下剋上

2

月汰元

[Illustrator]
himesuz

[Illustrator]
himesuz

Contents

1 生徒たちの挑戦とチーム活動

天音《あまね》たちが二年生になって、一ヶ月が過ぎた。

「はあ……何で二年になると生活魔法の授業がないんだろう？」

教室で、そんな愚痴《ぐち》を零《こぼ》す天音。それを聞いた由香里《ゆかり》が笑った。

「生活魔法の授業があったとしても、教えるのは、城ヶ崎《じょうがさき》先生だよ」

「そうか、グリム先生が学院に残っていてくれたら、良かったのに」

「私も残って欲しかったけど、グリム先生にとっては、学院の臨時教師《りんじきょうし》より、プロ冒険者になった方が良かったんじゃない」

アリサと千佳《ちか》が天音たちに近寄ってきた。

「何を話しているの？」

「グリム先生が、学院に残ってくれていたら良かったのに、と話していたのよ」

アリサと千佳は頷《うなず》いた。

「私もそう思うけど、嘆《なげ》いても仕方ないでしょ。それよりF級の昇級試験《しょうきゅうしけん》を受ける許可が出たよ」

「やったー、良かった」

普通の冒険者なら、昇級試験を受ける資格ありと冒険者ギルドが認めたら、すぐに試験を受けられる。だが、学院の生徒であるアリサたちは、学院の許可が必要だった。

「校長先生が退院してくれて、幸いだった。教頭が校長代理だったら、許可してくれなかったかもしれない」

千佳は校長室に許可をもらいに行った時、校長の横に立っていた教頭の顔が渋《しぶ》いものになっていたのを見たのだ。


その日の授業が終わってから、天音たちは冒険者ギルドへ行った。受付に並んで、F級の昇級試験を受ける手続きをする。

「F級昇級試験を受けに来ました。今月の課題は、何ですか？」

アリサが受付に尋《たず》ねた。受付は今年入ったばかりの新人で、望月《もちづき》マリアという女性だ。

「あらっ、ジービック魔法学院の生徒さんね」

そう言ったマリアの顔を見た天音は首を傾《かし》げた。誰かに似ていると思ったのだ。

「カリナ先生に似ているんだ」

マリアが笑って答えた。

「カリナは、私の姉です」

天音たちは驚いた。

「あたしたちの担任は、カリナ先生なんですよ」

「そうなの、偶然ね。私の事は、マリアと呼んでね」

「マリアさん、今月の課題は？」

「あっ、そうでした。課題は水月《すいげつ》ダンジョンの三層でリザードマンを三匹倒す事です」

それを聞いたアリサが確認する。

「水月ダンジョンに入れるんですか？」

「ええ、試験官と一緒に行くので、入れます」

マリアの話によると、試験官は冒険者ギルドが指名し、試験を受ける生徒も付添人《つきそいにん》を指名できるという。

「付添人？　何で、そんな人が必要なんです？」

アリサの質問に、マリアが苦笑《くしよう》した。

「試験で生徒が負傷した時に、保護者から文句があったらしいの。その時に、色々揉《も》めて付添人を付けられる事になったらしいのよ」

天音がニコッと笑った。

「だったら、グリム先生に付添人になってもらいましょうよ」

「おっ、いいアイデアだ」

千佳が真っ先に賛成した。アリサたちも賛成だった。しばらくグリムと会っていなかったので、会いたくなったのだ。天音たちがグリムに頼むと承諾《しようだく》してくれた。

◆◆◇◇◆◆◇◇◆◆

俺は水月ダンジョンに向かった。アリサたちに付添人を頼まれたからだ。俺もアリサたちに教えられて初めて、付添人という制度を知った。俺がダンジョンハウスで着替えて待っていると、アリサたちがやって来た。試験官はE級冒険者の小野鉄心《おのてつしん》だ。アリサたちが俺の周りに集まった。

「くっ、ハーレム状態かよ。爆発しろ」

「爆発しろはないでしょ。四人は俺の教え子なんです」

アリサが笑って説明した。

「そうですよ。グリム先生から、生活魔法を教わっていたんです」

「何だと、グリムは学院の教師だったのか。若いのに偉《えら》いもんだな」

「生活魔法を教えられる者が、居なかったからですよ」

鉄心は納得して頷いた。生活魔法の才能がある者でも、役に立たないと思われている生活魔法を覚えようとする者は少ないのだ。

「さあ、水月ダンジョンへ潜《もぐ》るぞ」

鉄心が先頭に立って進み始めた。俺たちも続いてダンジョンに入る。ダンジョンに入ると、鉄心は一歩引いてアリサたちを前に出す。三層に到達するのも試験の一部らしい。アリサたちは鬼面ドッグや角豚《つのぶた》を倒しながら先に進んだ。一層を突破した天音たちは、オークやアタックボアが居る二層へ下りた。

「気を付けろよ。ここにはオークが居るからな」

鉄心が警告した。だが、その必要はなかった。アリサたちは手際《てぎわ》よくオークを倒し、ダンジョンの奥へと進んだからだ。

「ふーん、オークと戦い慣れているな。草原ダンジョンでオーク狩りでもしていたのか？」

鉄心がアリサに尋ねた。

「そんなところです。この課題でラッキーでした」

二層も簡単に突破したアリサたちは、三層に下りた。

「ここのリザードマンを三匹ずつ倒せば合格だ。皆なら楽勝だろう。だが、油断するな」

俺は忠告した。それを聞いたアリサたちは、嬉《うれ》しそうに返事をする。三層は湿原《しつげん》エリアだ。ところどころに沼があり、足元にはジメジメした土地が広がっている。

ここに居るジャンボフロッグには気を付けなければならないが、アリサたちなら大丈夫だろう。ジャンボフロッグが天音に襲い掛かった。天音はクワッドアローで大蛙《ジャンボフロッグ》の頭を撃《う》ち抜《ぬ》いた。冷静で狙《ねら》い澄《す》ました一撃である。鉄心が天音のクワッドアローを見て、口をへの字に曲げた。

「そいつは本当に、魔力弾じゃねえのか？」

「違います。これは『コーンアロー』という生活魔法です。グリム先生の魔法ですよ」

「グリムの魔法……グリムが発見して魔法庁に登録したのか。儲《もう》かってるか？」

鉄心め、嫌な質問をするんじゃない。

「それが全然儲かっていないんです。知名度が低すぎて、ほとんど習得しようという者が居ないんです」

「おれも初めて聞いたからな。でも、威力《いりょく》はある。人気が出るんじゃねえか」

「そうなら、いいんですが……『コーンアロー』は魔法レベル3にならないと、あまり威力が出せないから」

「ふーん、攻撃魔法みたいに、魔法レベルが上がると威力が増すのか？」

「まあ、似たようなものです」

「おれも習得するかな」

鉄心の生活魔法の魔法才能は『D』らしい。それなら十分に習得する価値があるだろう。

「それなら、『コーンアロー』と『プッシュ』を習得する事を、お勧《すす》めします」

アリサたちの運が良いのか悪いのかは分からないが、三層の半分ほどを進んだ時にリザードマンの群れと遭遇《そうぐう》した。十二匹ほどの集団である。

「ヤバイな。グリム、お前も手伝え」

鉄心が数の多さに顔をしかめ、俺に指示を出した。だが、その必要はないと思う。

「大丈夫ですよ。生徒たちに任せてください」

俺の言葉を聞いたアリサたちは頷いた。

「さあ、初めに数を減らそう」

生活魔法を使う三人はクワッドジャベリンを放ち、由香里は『ファイアバースト』を発動し火炎弾を放った。クワッドジャベリンはリザードマンを貫《つらぬ》き、火炎弾はリザードマンの胸に命中すると爆発した。

「いいぞ、皆。全員ノルマ一匹達成だ」

俺は応援する事しかできないが、それで十分だったようだ。アリサたちは次々にリザードマンを倒し、最後の一匹を千佳がクワッドブレードで真っ二つにする。それを見ていた鉄心が目を見開いて驚いていた。

「はあっ、今のは何だ？　刀が触れてもいないのに、真っ二つになりやがったぞ」

鉄心の質問など聞いていないアリサたちは、飛び跳ねながら大喜びしている。

「よくやった。皆合格だ。そうですよね」

俺は鉄心に確認した。

「まあ、そうだ。だが、その前に質問に答えやがれ」

鉄心は興奮《こうふん》しているようだ。

「あれは『ブレード』という生活魔法です。目に見えない刀のようなものが、魔物を断ち切ったんです」

「『ブレード』？　聞いた事がねえ魔法だな。それもグリムが発見したものなのか？」

「まあ、そうです。俺は生活魔法に関しては、運がいいんです」

「そうなんです。この前、骸骨《がいこつ》ダンジョンのボスを倒した時も、生活魔法の巻物をドロップしたんですよ」

由香里が口を挟《はさ》んできた。合格したのが嬉しくて口が軽くなっているようだ。

「皆、喜ぶのはそこまでだ。戻るぞ」

俺の声で、魔石を拾い集め引き返し始めた。後ろからは鉄心がぶつぶつ言いながら付いて来る。地上に戻り着替えた俺たちは、冒険者ギルドへ向かった。アリサたちが昇級の手続きをしている間、俺は鉄心に話があると言われて訓練場へ向かう。それを見た受付の加藤《かとう》が声を掛けてきた。

「鉄心さん、昇級試験の報告は済んだんですか？」

「もちろんだ。ちゃんと済ませた。訓練場を借りるぞ」

首を傾《かし》げた加藤が付いて来た。訓練場に入った鉄心は振り返り、俺の顔を見た。

「グリム、おれに生活魔法を教えてくれねえか？」

「鉄心さんは、学院の卒業生じゃないんですか？」

「いや、おれは大工から転職したんだ」

鉄心は途中いろいろあったが、大工になってから冒険者に転職した、という珍しい経歴の持ち主だった。

「では、基本から教えなければなりませんね」

俺は生活魔法の基本から説明した。

「この魔法を『生活魔法』と名付けた賢者《けんじゃ》は、かなりいい加減な性格だったようです。生活に関係する魔法というのは間違いで、D粒子《りゅうし》を操作する魔法というのが正しいんです」

鉄心が納得して頷いた。その後ろで加藤も頷いている。

「加藤さん、何気に参加してますけど、仕事はいいんですか?」

「マリアに任せておけば大丈夫よ。もしかして、無料で聞くのはダメって事?」

「いや、生活魔法の普及《ふきゅう》を推進《すいしん》していますから、構わないですが、魔法才能はあるんですか?」

生活魔法使いの地位向上のためには、生活魔法がダンジョンで役に立つという事実を広める必要がある、と俺は考え始めていた。そのためには実用的な生活魔法の使い方を世の中に広めようと思っている。但《ただ》し、本当に切り札と思える生活魔法を創ったら、直弟子《じきでし》と言える者たち以外には教えないつもりだ。たぶん危険な魔法になるので、大丈夫だと確信が持てる相手でないと教えられない。

「生活魔法の魔法才能は『D』よ」

鉄心が仏頂面《ぶっちょうづら》をする。

「チッ、おれと同じかよ」

「鉄心さん、舌打ちする事はないでしょ」

俺は喧嘩《けんか》になりそうだったので止めた。

「喧嘩はそこまで。説明の続きです。生活魔法の魔法レベルが上がると、多重起動ができるようになります」

加藤が頷いた。

「同時に同じ魔法をいくつも発動できるというものよね。あまり意味があるとは思えないけど」

「それが間違いなんです。例えば、『プッシュ』です。これを三つ同時に発動して、D粒子プレート同士が重なるようにします」

俺は単独『プッシュ』とトリプルプッシュを披露《ひろう》して、その威力の違いを教えた。トリプルプッシュで丸太が弾《はじ》き飛《と》ばされたのを見た鉄心が感心して手を叩《たた》いた。

「なるほど、F級の昇級試験でグリムが見せた魔法が、これだな。あれはいくつの多重起動だったんだ?」

「七重起動です。生活魔法ではセブンスプッシュと呼んでいます」

「学院の生徒たちがグリム先生と呼んでいるので不思議に思ってましたけど、なるほどです。グリム先生と呼ばれるだけの知識を持っていたんですね。私もグリム先生と呼ばせてもらおうかしら」

加藤が冗談か本気か分からない事を言い出した。

「感謝するぜ。最近行き詰まっていたんだ。生活魔法を習得して、戦いに取り入れるとしよう」

鉄心が珍《めずら》しく感謝した。加藤が俺に視線を向けた。

「そう言えば、魔法庁に新しい生活魔法を登録しましたか？」

「まだです。習得する人が居ないだろうな、と思うと、面倒臭くなって」

鉄心が興味を示した。

「新しい魔法というのは、どんなものなんだ？」

「二つあるんですが、一つは先ほど言った『ブレード』、リザードマンを真っ二つにした魔法ですよ」

「あれか。中々使えそうな魔法じゃねえか。もう一つは何だ」

「『ジャベリン』という魔法です。登録してある『コーンアロー』という生活魔法の射程と威力を強化した魔法です」

鉄心が『コーンアロー』を知らないというので、クイントアローを丸太に向けて放った。丸太に穴が開きヒビが入ったのを見て、鉄心と加藤は感心した。二人ともクイントアローの威力を感じたようだ。

俺が教えたのは、そこまでだ。中級ダンジョンの浅い階層で活動するには、『プッシュ』『コーンアロー』『ブレード』『ジャベリン』の四つがあれば、十分だと思ったからだ。

「こんなところに居た」

天音が俺の姿を見て、走り寄ってきた。

「見てください。F級になりましたよ」

天音が俺に冒険者カードを見せた。アリサたちも来て、俺に冒険者カードを見せ付ける。まずい、追い付かれてしまった。E級を目指して頑張らねば。騒いでいるところに支部長が来て、俺に視線を向ける。

「ここに居たのか。呼び出そうかと思っていたのだ」

「何か？」

「一ヶ月前の件が評価されて、君にE級への昇級試験を受ける資格を与える事になった。試験を受けるかね？」

この件が遅くなったのは、冒険者ギルドの本部に認可を求めて、受理されるのに時間が掛かったからだ。インターネットやコンピューターがなくなったせいで事務処理も遅くなった。全

部を書類で申請し印鑑《いんかん》をいくつも押すという昔のやり方に戻ったせいだと言われている。

「受けます」

俺は即答《そくとう》した。Ｅ級を目指して頑張ろうと思っていたところに、チャンスが来たのだ。ためらう必要などなかった。

「それで課題なのだが、水月ダンジョン十二層のオークナイトを倒す事だ」

「一匹でいいんですか？」

「そうだ。但し、十二層のオークナイトは四、五匹の集団を作る事がある。その時は、逃げ帰る選択も必要だぞ」

「オークナイトが群れを作るんですか？」

「群れというより、門番みたいなものだな。城に入る入り口を守っているのだ」

俺は一ヶ月間で水月ダンジョンの十一層まで攻略していたが、十二層はほとんど手を付けていなかった。なので、十二層についてはあまり知らない。

「十二層には城があるんだ。知らなかった」

「オーク城には宝物庫《ほうもつこ》があると言われているが、Ｆ級冒険者で見付けた者は居ない。……警告しておくが、試験の目的はオークナイトを一匹倒すことだけだ。欲を掻《か》いて城に入るんじゃないぞ」

宝物庫というのには魅力《みりょく》を感じるが、さすがにソロでオーク城に入るのは無謀《むぼう》だと分かっている。入り口の前でさえオークナイトが四、五匹居るのだ。宝物庫を守るオークナイトの数がどれほどか予想もつかない。もしかすると、オークジェネラルなんていう化け物と出くわすかもしれない。

鉄心が口を挟んだ。

「ちょっと待ってくれ。グリムはＦ級になったばかりだぞ。どうして、Ｅ級の昇級試験を受けられるんだ。一ヶ月前とか言っていたが、まさかゴブリンキングを倒したというのは、本当だったのか？」

支部長が鉄心に視線を向けた。

「グリム君から、ゴブリンキングの事を聞いていたのか？」

「マジかよ。本当にゴブリンキングを倒したのは、グリム、いや、グリム先生だったのか」

鉄心まで、『グリム先生』と呼び始めてしまった。

「生活魔法には、それだけの可能性があるという事です」

俺がＥ級の昇級試験を受けられるのは、ゴブリンキングを倒した実績が評価されたからのようだが、一ヶ月も時間が掛かったのは、俺が生活魔法使いだという事も関係しているかもしれない。冒険者ギルド本部の幹部が、生活魔法使いがゴブリンキングを倒した事を信じられず、何度も確認していたのではないかと疑った。

その日は、天音たちのＦ級合格の祝いとして寿司《すし》を奢《おご》ってからアパートに帰った。

「三日後に、昇級試験か。何か用意する時間もないな」

生活魔法の魔法レベルは『11』になっている。ゴブリンキングを倒した時に二つ上がったのだ。賢者システムで魔法レベル11の魔法を創れるが、どんな魔法を創れば良いのか、アイデアが浮かばない。

ちなみに、十一重起動というのは無理だった。多重起動は九重起動が限界で、それ以上になると膨大《ぼうだい》な魔力が必要になって、俺の実力では無理である。可能な九重起動も発動までに時間が掛《か》かるようで、実用的なのは七重起動までだった。

「セブンスハイブレードでも倒せないような魔物と遭遇《そうぐう》するような場合に備《そな》えて、もっと強力な生活魔法も用意しなければならない、という事か」

岩さえ破壊《はかい》するセブンスハイブレードでも仕留《しと》められない魔物というのは、存在する。例えばファイアドレイクである。ドラゴンの祖先だと言われているのがドレイクであり、種類によって違うブレスを吐《は》く。ファイアドレイクは、水月ダンジョンの三十層に居る中ボスである。

水月ダンジョンの中ボスは一匹だけではないのだ。十層くらいの間隔《かんかく》で中ボス部屋があり、九層・二十層・三十層には強力な中ボスが居る。

そして、最終層には超強力なダンジョンボスが居るらしい。

「新しい魔法か。D粒子の一次変異を調べる必要があるな」

D粒子一次変異というのは、D粒子に魔力を注ぎ込み一時的に不安定な状態にさせ、ある特性を付与するというものだ。そのD粒子一次変異を使った魔法というのは『ライト』や『イグニッション』のように、光を発するようになるとか高熱を発するようになるというものだ。これはD粒子が不安定になっている間しか効果がない。D粒子が元の安定した状態に戻ると付与した特性は消えてなくなる。

今のところ付与できる特性は〈発光〉と〈放熱〉であり、攻撃に使えそうなのは〈放熱〉だけとなる。〈発光〉で閃光弾《せんこうだん》みたいなものを創れそうだが、それだけでは魔物にダメージは与えられない。俺は賢者システムを立ち上げ、D粒子一次変異について調べてみた。

やはり付与できる特性は〈発光〉と〈放熱〉しかない。『イグニッション』は可燃物《かねんぶつ》に火を点《つ》ける生活魔法だが、これはD粒子を集めてビー玉のようなものを形成し、これにD粒子一次変異で〈放熱〉を付与したものだ。生活魔法では、これを放熱玉《ほうねつだま》と呼んでいる。この放熱玉の温度は九百度ほどで、ロウソクの火と同じ程度の温度となる。

俺は〈放熱〉の特性を付与したD粒子の塊《かたまり》を魔物にぶつけたらどうなるか想像してみた。大きなダメージを与えられるような気がして『コーンアロー』に〈放熱〉の特性を付与しようかと考える。

「いや、それだと突き刺さって魔物が死んだのか、熱で死んだのかが分からなくなる」

そこでピンポン玉を半分に切ったようなものをD粒子で形成する事にした。見た目は料理で使うボウルを小さくしたようなものなので、D粒子ボウルとする。本当は球形にした方が簡単なのだが、球形にすると多重起動で重ねる事ができないので、ボウル状にした。そのD粒子ボウルに〈放熱〉の特性を付与して飛ばす魔法を創った。これは魔法レベル2で習得できる魔法となる。〈放熱〉の特性を付与したD粒子ボウルは放熱ボウル、魔法は『ヒートボウル』と仮名を付けた。


　次の日、水月ダンジョンの一層に行った俺は、ゴブリンを相手に試してみた。まずは単独の『ヒートボウル』を発動して、ゴブリンの胸に向かって放った。放熱ボウルはゴブリンに命中して砕けた。ゴブリンは立ち止まって悲鳴《ひめい》を上げる。胸の部分に火傷の痕《あと》が見える。ダメだな、そう思った俺は、トリプルヒートボウルを放った。

　トリプルアローなら、ゴブリンの胸を貫いて仕留めるのだが、トリプルヒートボウルが命中したゴブリンは、弾き飛ばされて地面を転がったが気絶《きぜつ》しただけのようだ。その胸の皮膚《ひふ》は炭《たん》化《か》しており、かなりの高温で焼けただれた痕が確認できた。

「多重起動で、飛翔速度《ひしょうそくど》と温度は上がったけど、威力としては微妙《びみょう》だな」

　ゴブリンを戦鉈《せんなた》で仕留めてから、立ち木に向かってトリプルヒートボウルを放ってみた。やはり高熱で幹《みき》の一部が炭化しているが、それだけだった。

「この魔法は、失敗かな」

俺は『ヒートボウル』の魔法を考え直すために、地上に戻った。ダンジョンハウスでコーヒーを買って、飲みながら賢者システムを立ち上げる。

コーヒーを一口飲む。熱だけだと威力は限定的だな。『コーンアロー』に〈放熱〉の特性を付けたら、刺さった後に熱で焼くから追加ダメージとなる。それなら威力が上がるけど、何か微妙な気がしてきた。

「もっと高熱なら、威力が上がるのか？」

俺は放熱ボウルの温度を倍にしてみた。すると、習得できるのが魔法レベル6になる。魔力もかなり必要だ。倍の高熱にした放熱ボウルを『コーンアロー』のような放熱コーンにして射程を十メートルにしてみた。魔法レベル10でないと習得できない魔法となった。

そして、賢者システムのシミュレート機能を使って発動までを試してみた。かなり発動が遅くなるという事が分かった。『ヒートボウル』を一回発動する間に、『コーンアロー』なら三回発動できるというほどだ。

「ダメだ。使えない。こういう時は発想を変えるしかないな」

放熱ボウルは命中した箇所にしかダメージを与えられない。〈放熱〉ではなく、電気のようなものを放出する〈放電〉を付与できないものかと考える。

賢者システムには付与する特性を追加する機能もある。俺はその機能を発動した。その瞬間、賢者システムが俺の脳を乗っ取った。賢者システムが俺の脳細胞を使って、複雑な計算を始めたのだ。

「……」

俺は酷《ひど》い頭痛に襲《おそ》われ、テーブルに突っ伏《ぷ》した。無言で痛みに耐《た》えながら、痛みが治まるのを待つ。その状態で五分ほど苦しんでいただろうか。

「……お、終わった。この機能はヤバイ」

賢者システムを確認すると、付与できる特性に〈放電〉が追加されていた。賢者システムを終わらせ、ダンジョンハウスの椅子《いす》にぐったりと座る。

「なんか、甘いものを食べたくなったな」

脳を使い過ぎたからだろうか？　俺は売店でソフトクリームを買って食べた。一息ついた俺は、もう一度賢者システムを立ち上げる。そして、D粒子ボウルに〈放電〉の特性を付与して飛ばす魔法を創った。射程を十メートルにする。これは魔法レベル4で習得できる魔法となる。〈放電〉の特性を付与したD粒子ボウルは放電ボウル、魔法は『サンダーボウル』と名付けた。似たような名前のスパイ映画があるらしいが、こちらは『ボウル』、映画は『ボール』である。

俺はもう一度ダンジョンに潜った。一層でゴブリンを探し、『サンダーボウル』を発動した。放電ボウルが命中したゴブリンは、ピクンと痙攣《けいれん》してバタリと倒れる。

「おいおい、多重起動していないんだぞ」

ゴブリンは地面に倒れたまま藻掻《もが》き苦しんでいる。俺はトリプルサンダーボウルを倒れているゴブリンに撃ち込んだ。それを受けたゴブリンは息絶《いきた》えて消えた。

「使えるな。これを『コーンアロー』と融合《ゆうごう》して、新しい魔法としよう」

ダンジョンから地上に戻るとダンジョンハウスで着替えて、アパートに戻った。俺は『サンダーボウル』の放電ボウルを放電コーンアローに変えて『サンダーアロー』という生活魔法を創った。射程十メートルは同じで、魔法レベル7で習得できる魔法となる。俺は『サンダーアロー』を正式に生活魔法として賢者システムに登録した。『ヒートボウル』は削除し、『サンダーボウル』をどうするか考えた。

「魔法レベル4で習得できるし、単独で使うとスタンガンの代わりになりそうなんだよな。でも、『サンダーアロー』があるから、俺自身は使わないな」

ダンジョン内で使う事を考えると不要だが、ダンジョンの外で喧嘩するような事があれば便利そうだ。取《と》り敢《あ》えず登録しておく事にした。

E級昇級試験の日、俺は冒険者ギルドに行って、受付に誰が試験官になるのか確かめた。

「試験官は、F級昇級試験で試験官となったD級冒険者の尾崎《おざき》悟《さとる》さんです。あっ、来ましたよ」

その雰囲気《ふんいき》から、淡々《たんたん》と仕事をするタイプの冒険者に見えた。

「よろしくお願いします」

「へえー、この前F級になったばかりだというのに、早いね。生活魔法使いなのに有望株《ゆうぼうかぶ》なんだ」

尾崎は『黒の戦旗《せんき》』というパーティーに所属しており、水月ダンジョンの二十五層を攻略中らしい。俺たちは少し話をしてから水月ダンジョンへ向かった。ダンジョンハウスで着替えてから、ダンジョンに入る。一層から十層までは最短ルートを進んだ。

「ソロなのに、危なげなく進むね。それに使っている魔法が強力だ」

俺は『プッシュ』『コーンアロー』『ジャベリン』『ブレード』の四つを駆使《くし》して、ここまで進んできた。この十層では、アーマーボアとビッグシープ、ブラックハイエナと遭遇する。アーマーボアとビッグシープは問題ないが、ブラックハイエナは手強《てごわ》い魔物だった。

アーマーボアはスケイルアーマーのような皮を纏《まと》った大猪《おおいのしし》で絶大な防御力を誇《ほこ》る魔物だ。クイントジャベリンではダメージを与えられず、倒すにはセブンスジャベリンかセブンスブレードが必要である。但し、クイントプッシュは有効だった。突撃してくるアーマーボアの正面から、クイントプッシュをぶつけると、鼻先にアーマーがない大猪は脳震盪《のうしんとう》を起こして目を回す。アーマーボアが目を回したら、セブンスブレードで首を刎《は》ねれば良いのだ。

問題はブラックハイエナだった。こいつは群れで襲ってくる。七、八匹の群れで獲物《えもの》を取り囲み、一斉に襲い掛かるのである。こういう魔物は、ソロだとキツイ。

十層の奥でブラックハイエナの群れと遭遇した時、

「こいつは厄介《やっかい》だな。僕も戦おうか？」

と今まで手を出さなかった尾崎が言ってきた。俺は迫《せま》ってくるブラックハイエナの群れを見て、首を振った。

「大丈夫、一人で殺れそうです。尾崎さんはここで待っていてください」

『オートシールド』と『センシングゾーン』を発動して、ブラックハイエナの群れに向かっていく。

尾崎が心配そうな顔で声を掛けてきた。

「本当に大丈夫なのか？」

「問題ないです」

俺は目ではなく、D粒子の動きでブラックハイエナの動きを把握《はあく》する。群れに囲まれた俺は、戦鉈を構えブラックハイエナを睨《にら》む。ブラックハイエナは大型犬ほどの大きさで、普通の大型犬より力が強い。その中の一匹が飛び掛かってきた。俺はクイントブレードで斬《き》り裂《さ》いた。その間に、背後から別の一匹が襲い掛かる。D粒子シールドが反応し鋭《するど》い牙《きば》による攻撃を撥《は》ね返す。

振り返りざまにクイントブレードを薙《な》ぎ払《はら》い、ブラックハイエナの首を刎ねた。そして、また別のブラックハイエナが襲い掛かってきたので、クイントアローで撃ち抜く。次々に襲い掛かってくるブラックハイエナの攻撃をD粒子シールドで防ぎながら、『ブレード』と『コーンアロー』を駆使して仕留める。

全滅させた後、尾崎が近寄ってきた。

「信じられない。これが生活魔法使いの戦い方だと言うのなら、生活魔法が役に立たないと言われていたのは、何だったんだ？」

試験官は俺が何をしたのか、半分くらいしか分からなかっただろう。『オートシールド』と『センシングゾーン』は目に見えないので、どうやって群れの動きを把握し、攻撃を防いでいたか分からなかったはずだ。俺はブラックハイエナの群れを倒し、十層を攻略して十一層に下りた。


その十一層のエリアに広がるのは廃墟《はいきょ》の街だった。ここでは御馴染《おなじ》みのスケルトンソルジャーとファントム、それにスケルトンナイトに遭遇する。このスケルトンナイトは、スケイルアーマーを身に纏い槍《やり》と円盾《まるたて》を持っている。この魔物と剣や槍で戦うと苦労する事になる。高い槍術《そうじゅつ》や盾の技術を持っているからだ。

だが、このスケルトンナイトの頭蓋骨《ずがいこつ》を狙って横からクイントプッシュをぶつけると脆《もろ》かった。頭蓋骨が弾き飛ばされ、首から下だけが走ってくる。頭蓋骨がないと動きがおかしくなるようで、途中でスケルトンナイトがよろよろと頭蓋骨を捜し始める。その頭蓋骨は歯をカチカチと鳴らして、首から下を呼んでいる。

尾崎が驚いたような顔で、この光景を見ていた。

「頭蓋骨だけ飛ばされたスケルトンナイトは、こういう風になるんだ」

D級冒険者も初めて見るスケルトンナイトの姿だったらしい。俺は歯をカチカチ鳴らしている頭蓋骨のところに行って、クイントブレードで断《た》ち割《わ》った。

「さて、行きましょう」

廃墟の街をうろつくアンデッドたちを駆逐《くちく》しながら階段まで行って十二層に下りた。やっと目的の階層まで到達したのだ。後はオークナイトを倒せば、試験は合格である。

そこは起伏《きふく》の激しい地形に木々が生《お》い茂《しげ》る場所だった。丘の上に城があり、丘を城壁が囲んでいる。城門にはオークナイトが居るのだろうが、絶対に一匹じゃないだろう。そこで、城の外でうろうろしているオークナイトを探し始めた。しばらく歩いていると、藪《やぶ》の中から一匹のオークナイトが現れた。見回りをしていたオークナイトらしい。

「さて、これからが本番だぞ。頑張ってくれ」

「分かっています。任せてください」

俺は戦鉈を持って、オークナイトに向かって足を踏み出す。オークナイトとの距離は十メートルほど。最初にクイントジャベリンを放った。その攻撃がオークナイトの胸に命中、纏っている金属鎧《よろい》をへこませ弾き飛ばす。地面を転がったオークナイトが起き上がり、ロングソードを振り上げて駆け寄ってきた。セブンスプッシュを放つ。カウンター攻撃となったセブンスプッシュは強烈《きょうれつ》だ。トラックに撥ね飛ばされたかのように金属鎧を押《お》し潰《つぶ》されたオークナイトが宙《ちゅう》を飛ぶ。俺は駆け寄ってオークナイトの首にクイントブレードを叩き込んだ。それがトドメとなってオークナイトが消える。

オークナイトはゴブリンロードに匹敵《ひってき》する魔物だという話だったが、だいぶ話が違う。生活魔法使いにとって、オークナイトは相性が良いのだろうか？

「ダンジョンボスだった時は、ボスドロップがあったけど、今日は魔石だけか」

俺は魔石を拾い上げ、尾崎に魔石を見せた。

「お見事、合格だ」

尾崎が合格を宣言する。俺はホッとした。これでE級冒険者だ。E級冒険者になれば、チームを組んでくれる者も居るだろう。俺は自分に足りないのは経験だと考えている。だが、ソロでダンジョンを探索するのは、危険だとも感じ始めていた。ベテラン冒険者のチームに加えてもらい、経験を積みたいと思うようになったのだ。

「戻りましょう」

「このまま戻るのか。それとも、九層で一泊するか？」

九層の中ボスが倒された事で、九層の中ボス部屋がセーフティゾーンとなった。中ボス部屋には魔物が入り込まないので、空《あ》き部屋となった中ボス部屋は、冒険者たちにとって絶好の宿泊場所なのだ。九層の中ボス部屋は半年間リポップしないと分かっているので、特に安全なのである。

俺は一気に地上へ戻る事にした。今から戻れば、本日中には地上へ戻れるだろう。という事で地上に戻った。ダンジョンを脱出したのは、夜の十時を過ぎていた。

「冒険者ギルドへの報告は、明日にしよう」

尾崎はそう言って帰った。俺も着替えてアパートに戻ると寝てしまった。それほど疲れていたのだ。


翌朝、空腹で目を覚ました。

「はああー、腹が減った」

ちゃんとした朝食を作るのは面倒だったので、カップ麵《めん》を食べる。

「E級冒険者か……夢のようだな」

プロ冒険者として生活するためには、E級にならないとダメだと言われている。そのE級になれたのだ。嬉しくない訳がなかった。

俺は出掛ける支度《したく》をして冒険者ギルドへ向かった。ベルトにはマジックポーチがあるだけで何も持たずに出掛ける。とは言え、マジックポーチの収納空間には装備と武器が入っており、実際のポーチの中には魔石と財布が入っている。バスで冒険者ギルドへ行って、受付に並ぶ。

順番が来て、受付の加藤に昇級試験について確認した。

「尾崎さんから聞きましたよ。E級合格だそうですね。おめでとうございます」

「ありがとう」

俺は冒険者カードを出して、加藤に渡す。手早く処理され、新しい冒険者カードが戻って来た。E級になっている。

「榊《さかき》さん、入れるチームを探していましたよね？」

「ああ、生活魔法使いでもいいというチームが見付かったの？」

「チームの一人が怪我《けが》して、一ヶ月ほど入れる助《すけ》っ人《と》を探しているチームがあるんですが、どうしますか？」

一ヶ月だけか、ちょっと短いな。でも、チームとしての戦い方は勉強できる。

「俺で良ければ、入ります」

「分かりました。先方《せんぽう》に確認を取って、また連絡します。それから、魔法の登録は忘れないでください」

頷いてから昨日回収した魔石を換金《かんきん》し、冒険者ギルドから魔法庁の渋紙《しぶかみ》支部へ向かう。魔法を登録する時は、魔法の名称・魔法効果の説明・魔法陣が書かれた三枚の書類が必要である。その三枚の中で重要なのが魔法陣だ。魔法陣は巻物などを分析して突き止めるか、賢者システムが使える賢者でないと分からない。

魔法庁に到着し、『ジャベリン』『ブレード』の二つを登録した。担当者は水沢《みずさわ》という三十代の男性で、前回『コーンアロー』を登録した時も担当した人物だ。

「凄《すご》いですね。魔法を三つも発見されるなんて……」

「きっと、これが生活魔法じゃなけりゃ、もっと凄かったのに、とか思っているんでしょ」

水沢の顔が強張《こわば》った。図星《ずぼし》だったようだ。

「そ、そんな事は……ただ前にも言ったように、生活魔法は人気がないんですよ。それでも若干《じゃっかん》入手する人が多いのが、手に持ったものを綺麗《きれい》にする『クリーン』と修復の『リペア』、そして、純化の『ピュア』ですかね」

その三つの魔法は、習得すれば便利だというものだ。それならば、『ライト』や『イグニッション』も便利そうだが、冒険者は魔力を必要としない小型懐中電灯やライターを選択するようだ。もっと生活に密着した魔法なら人気が出るのだろうか？　ちょっと考えてみよう。

◆◆◇◇◆◆◇◇◆◆

グリムが新しい二つの生活魔法を魔法庁で登録した次の日。

朝早く起きたアリサは学校に行く支度をしていた。二年生になったアリサは、少し余裕を持てるようになった。一年生の最初の頃は、どうやって魔法の才能を伸ばせば良いのか分からず、無闇に焦《あせ》っていたように思う。幸運にもグリムという教師に出会い、生活魔法を習うようになってから自分の才能を伸ばせるようになった。但し、最も才能がある分析魔法ではなく生活魔法が伸びたのは、予想外の事だ。

自宅を出たアリサは、学院の訓練場へ向かった。火曜日と木曜日は、天音たちと待ち合わせて生活魔法の練習をする事にしている。訓練場へ行くと千佳の姿が見えた。

「おはよう」「おはよう」

しばらく待っていると天音と由香里が来たので、空いている場所を探しに向かう。訓練場は四つの区画があるのだが、珍しくどこも空いていない。一番奥の区画では、一年生らしい小柄《こがら》な少年が攻撃魔法の練習をしていた。その周りには、三人の一年生が練習をしている一年生をコーチするように声を上げている。

「おいおい、もっと気合を入れろ」

練習しているのは、攻撃魔法の基本である『バレット』である。チラッと見たが、弱々しい魔力弾が板の的に飛んで、ペチッと音を鳴らして的を揺らした。

「ペチッ、だってよ。情けない魔力弾だな。見ていろ」

コーチをしていた三人の中の一人が、同じ『バレット』を発動した。魔力弾が飛び、板にガツンと命中し痕跡《こんせき》を残す。

「これくらいの威力がないと、魔力弾とは言えねえぞ」

「タイチは才能ねえな。攻撃魔法なんかやめて、一番才能がある生活魔法を習得した方がいいんじゃないか」

それは馬鹿にするような言い方だった。

「おい、黒月《くろつき》先輩が練習を始めたぞ。見に行こう」

そう言うと三人は、タイチと呼ばれていた少年一人を残して隣の区画へ行ってしまった。アリサは一年生に声を掛けた。

「一緒に使わせてもらっても構わないですか？」

一年生は驚いたように振り返ってアリサたちを見た。アリサたちの中で一番小柄な由香里と同じくらいの背丈だが、可愛《かわい》らしい顔をした美少年である。

「あっ、どうぞ」

「ありがとう」

アリサたちは大岩が的として置いてある場所へと移動した。この大岩は威力のある魔法用として学院が購入したもので、とにかく頑丈《がんじょう》な岩だった。大岩の周りには欠片《かけら》が無数に落ちていた。生徒たちの魔法により削り取られた欠片だ。一センチほどの小さな欠片が多い。アリサたちが大岩を的にして練習を始めた。まずトリプルアローから始めてクイントアローまで行う。

由香里は『バレット』の練習をする。攻撃魔法が魔法レベル6になっている由香里の魔力弾は、クイントアローほどの威力があった。アリサたちが『ジャベリン』の練習を始めると、由香里は『ファイアバースト』や『クラッシュバレット』の練習をする。

それをタイチと呼ばれていた少年が見ていた。

「凄い。あの頑丈な岩が、どんどん削れていく。でも、あの三人が使っている魔法は何だろう？」

アリサが熱心に見ている一年生に気付いて声を掛けた。

「自分の練習はしなくていいの？」

「ごめんなさい。凄い魔法だったんで、見惚《みと》れていました」

「謝る必要はないのよ。あなたの魔力弾は、威力がなかったみたいだけど、習得したばかりなの？」

「……違います。一ヶ月前に習得したんですけど、全然威力なくて」

由香里が口を挟んだ。

「ねえねえ、習得した魔法と才能がマッチしていないんじゃないの？」

「でも、攻撃魔法が『D』というのが、僕の魔法才能なんです」

「あれっ、友達が生活魔法の才能があるような事を言っていたみたいだけど？」

「ええ、生活魔法は『B』なんですけど、ダンジョンで使える魔法はないから」

それを聞いたアリサたちは顔をしかめた。生活魔法を教えているのは、城ヶ崎である。

「城ヶ崎先生は、まだ教科書を読むだけの授業をしているようね。一年生たちは可哀想《かわいそう》……」

タイチは首を傾げた。

「違うんですか。生活魔法を習得するより、攻撃魔法を覚えろと言われましたけど」

「ダンジョンでも使える生活魔法は、たくさんあるのよ。『プッシュ』を習ったでしょ？」

アリサが尋ねるとタイチが頷いた。

「習いました。でも習得していません」

天音がタイチを睨《にら》んだ。

「まずは『プッシュ』と『ロール』を習得しなさい」

「でも、皆がダンジョンでは使えないって」

天音たちは溜息《ためいき》を漏《も》らす。一年生は千佳の活躍や天音たちの実績を知らないので、生活魔法の実力を分かっていないのだ。

「この学院にある巨木ダンジョンの一層と二層は、『プッシュ』と『ロール』を使えば倒せる魔物なのよ」

「『プッシュ』と『ロール』？　押す魔法と回す魔法ですよね。そんなので倒せる魔物なんか居るんですか？」

「疑り深いのね。まずは『プッシュ』と『ロール』を覚えなさい。そしたら使い方を教えてあげるから」

天音が約束した。

「分かりました。あっ、そうだ。自己紹介もまだでした。僕は一年の永田太一《ながたたいち》です。皆からはタイチと呼ばれています」

アリサたちも名前だけ教えた。その名前を聞いたタイチは嬉しそうに笑うと、校舎の方へ戻って行った。そろそろ授業が始まる時間なのだ。アリサたちも校舎へ向かう。

「ねえ、『プッシュ』と『ロール』は教科書に載っている魔法だけど、使い方はグリム先生に教えてもらったものでしょ。許可もなく教えていいの？」

由香里が尋ねた。

「そうね。グリム先生に会って許可を取っておく。生活魔法の発展のためだと言えば、許可してくれるよ」

天音が断言した。放課後に冒険者ギルドでグリムと会って、事情を話すとグリムは簡単に許可してくれた。

◆◆◇◇◆◆◇◇◆◆

タイチは教室で生活魔法の教科書に載っている『プッシュ』の魔法陣を睨んでいた。手応《てごた》えがあり、頭の中に『プッシュ』の魔法が飛び込んで来る。すると、教科書の魔法陣が消えて白紙のページが生まれた。『プッシュ』の魔法を習得したのだ。

「やった、『ロール』と『プッシュ』を覚えたぞ」

タイチがニヤニヤしていると、クラスメイトの西根徹《にしねとおる》が近付いてきた。

「何、ニヤニヤしているんだ？」

「別に」

西根はタイチが見ていた生活魔法の教科書を取り上げた。

「げっ、本気で生活魔法を覚えているのか。あれは冗談だったのに」

「生活魔法使いが、生活魔法を覚えるのは自然だよ」

「まあ、そうだけど。ダンジョンはどうする。生活魔法じゃ魔物は倒せないぞ」

「本当に？　生活魔法で倒せるって、聞いたけど」

「嘘《うそ》に決まっているだろ」

「嘘を言っているようには見えなかったけどな」

「だったら、城ヶ崎先生に聞いてみようぜ」

次の授業は生活魔法なのだ。チャイムが鳴り、生活魔法の授業が始まる。城ヶ崎が教科書を開いた時、生徒の一人が手を挙《あ》げた。攻撃魔法使いの西根である。

「質問か？」

「そうです。生活魔法は、ダンジョンで役に立つんですか？」

城ヶ崎は顔を歪《ゆが》めた。

「……役に立つ」

渋々という感じで答えた。それを聞いた西根が確認した。

「それは魔物を倒せるという事ですか？」

「そうだ、生活魔法には魔物を倒せる魔法がある」

教師として嘘を教える訳にはいかないと思ったのだろう。城ヶ崎は正直に答えた。教室がザワッとなる。

「それは何という魔法です？」

「『コーンアロー』……教科書には載《の》っていない新しい魔法だ。他にもあるが、新しい魔法なので、私も詳《くわ》しくは知らん」

「そんな、先生でも知らない魔法があるんですか？」

「新しい魔法だと言っただろ。詳しい事が聞きたかったら、二年の御船《みふね》千佳にでも聞け」

タイチは御船千佳という名前を聞いて、四人の二年生の一人だと気付いた。その日の授業が終わった後、タイチは二年生の教室へ向かった。アリサたちの姿が見えた。

「タイチです。『ロール』と『プッシュ』を習得しました」

天音がタイチを値踏《ねぶ》みするように見た。

「へえー、早かったじゃない。グリム先生の許可を取ったから、約束通り教えてあげる。ダンジョンへ行きましょう。一時間後に巨木ダンジョンの前に集合ね」

「はい」

タイチは防具と武器を取りに戻った。そして、学校の更衣室で着替えると巨木ダンジョンの前に向かう。そこで待っていると天音たちが現れた。

「行きましょう」

アリサがタイチに声を掛ける。アリサたちはタイチを連れて一層に向かう。

「タイチ君の武器は、ショートソードなのね？」

「そうですけど、決めている訳ではないです。ショートソードが一番安かったので」

タイチは裕福《ゆうふく》な家の子供ではないらしい。

「アリサ、狂乱ネズミよ。あたしが手本を見せる」

天音は襲ってきた狂乱ネズミに対して、『プッシュ』を発動した。狂乱ネズミがプッシュで撥ね飛ばされ目を回す。そこに近付いた天音が戦鎚《せんつい》を振り下ろす。

「今のは『プッシュ』よ」

アリサがタイチに説明する。それから『ロール』の使い方を説明し、タイチに狂乱ネズミと血吸コウモリを仕留めさせて経験を積ませた。その様子を見ていたアリサは、ちゃんとした生活魔法を学ぶ事ができずに苦しむ生徒がまだまだ居るのだと感じた。

「何か、方法を考えないと……」

◆◆◆◇◇◆◆◇◇◆◆

「こちらが、E級冒険者の榊緑夢《ぐりむ》さんです」

受付の加藤に紹介されて、俺はぴょこっと頭を下げた。

「よろしく、生活魔法使いのグリムだ」

現在は三人組チームである『紅月《あかつき》の使者』のリーダー川田翔太《かわたしょうた》は、渋い顔をして俺を見た。

「生活魔法使いで、E級冒険者だというから、武術の達人か大男のファイターだと思ったのに」

渋紙ダンジョンという週刊誌に俺の事が載ったので、この市では生活魔法を見直す冒険者が居るのだが、いまだに生活魔法は使えないと思っている冒険者も半分ほど居る。俺は川田を観察した。歳《とし》は俺と変わらないだろう。他の二人は魔装剣使いの古賀進《こがすすむ》、攻撃魔法使いの荒川結《あらかわゆい》だそうだ。生活魔法の件を除《のぞ》けば、第一印象は良い。

「残念だが、武術の達人でも大男のファイターでもない。だけど、実力でE級冒険者になった」

川田が頷いた。

「まあ、一ヶ月だけだしな。よろしく頼む。僕の事はショウと呼んでくれ」

「おれはススム、こいつはユイだ」

加藤がうんうんと頷いた。

「じゃあ、よろしくね。ショウたちは、まだF級のチームだから、グリム先生が教えてあげてね」

「冗談でしょ。俺が教えて欲しいですよ」

加藤が去ったので、俺たちは打ち合わせ部屋に行った。

「さて、これからの予定を聞きたい」

俺が言うと、ショウが頷いた。

「僕たちは、水月ダンジョンの四層でビッグシープ狩りをしている。狙いは羊毛と羊肉だ」

「なるほど、ビッグシープか。一度だけダンジョンエラーが起きた事がある」

「僕たちは、それを狙っているんだ」

ビッグシープ狩りは、一度ダンジョンエラーが起きると五十万円ほどになるという。

「月に何回ほどダンジョンエラーが起きるものなんだ?」

「二、三回かな」

「……少ないな。もっとダンジョンエラーが起きるものだと思っていた」

「ダンジョンは、そんなに甘くないよ」

俺は『紅月の使者』というチームに入る事になった。一ヶ月だけだが、貴重《きちょう》な経験になりそうだ。

翌日、俺たちは水月ダンジョンに潜った。俺の革鎧《かわよろい》を見ると、ショウが何か言いたそうな顔をする。

「何？　俺はチームでダンジョン探索した経験が少ないから、助言があるなら言ってくれ」

「その革鎧、中級ダンジョンに潜るには貧弱《ひんじゃく》じゃないか？」

初級ダンジョンに潜るために買ったオーク革の革鎧だ。今でも修理しながら使っていたが、中級ダンジョン用としては貧弱なのか？

「そうか。そう言えば、買い替え時かな」

「ソロで活動していたんだろ。よっぽど運が良かったんだな」

「そうかもしれない」

そんな事を話しながら一層をほとんど戦わずに通過し、俺たちは二層へ向かう。二層ではアタックボアと遭遇したが、ショウが『バレット』を発動して魔力弾で撃ち抜いた。二層も楽勝で進み、三層の湿原エリアでもジャンボフロッグをクワッドアローで仕留めながら突破。それを見ていたススムが声を上げた。

「へえー、生活魔法にも、魔力弾のような魔法があるんだ。知らなかった」

「比較的新しい魔法なんだよ。名前は『コーンアロー』だ」

紅一点のユイが話に参加する。

「ねえねえ、グリムは『コーンアロー』一つで、E級冒険者になったの？」

「まさか。生活魔法には、他にも使える魔法があるよ」

ショウは頷いた。

「相談があるんだが、よく使う魔法を見せてくれないか？　戦術を考えるのに必要なんだ」

チームの戦術を考えるのはショウの役目らしい。

「まあ、当然の事だな。俺がよく使う魔法は、『プッシュ』『コーンアロー』『ジャベリン』『ブレード』の四つだ」

ショウがよく使う魔法と言ったので四つになったが、その他に『サンダーボウル』『サンダーアロー』『センシングゾーン』『オートシールド』『ハイブレード』も使える魔法だと考えている。但し、ビッグシープが相手なら『モゥイング』が良いかもしれない。俺は次に遭遇した二匹のオークを相手に『プッシュ』『ジャベリン』『ブレード』の三つを使ってみせる事にした。

「俺に任せてくれ……まずは『ジャベリン』だ」

まず遠くから走ってくるオークに向かって、トリプルジャベリンを放った。その一撃がオークの胸を貫き即死させる。もう一匹が棍棒《こんぼう》を振り上げて襲ってきたので、クイントプッシュを放つ。オークが弾き飛ばされた。

「今のが『プッシュ』だ」

「そんな馬鹿な」

ユイが声を上げた。何を驚いているんだろう？　まあいいや。

「最後は『ブレード』だ」

俺は戦鉈を振り上げ、オークが立ち上がるのを待った。ふらふらと立ち上がったオークにトリプルブレードを叩き込んだ。胸を切り裂かれたオークは消えてなくなる。

「へえー、凄いな。これが生活魔法なのか」

ショウが驚いた顔で声を上げる。最初の頃は、『どうだ、凄いだろう』という感じで気持ちがスッキリしたが、最近は『まただよ』みたいな感じになる。そう感じるのには理由がある。驚いた声の中に、凄いけど攻撃魔法や魔装魔法に比べればまだまだだな、という響きがあったからだ。

『コーンアロー』や『ジャベリン』は攻撃魔法の『バレット』で代用できるし、『ブレード』は魔装魔法で強化された魔装剣使いが振るう剣で同じ事ができる。

「ありがとう。大体分かったよ。これで戦術を組み立てられる」

ショウが礼を言った。俺たちは三層を通り抜けて四層に下りた。草原に岩が点在するエリアである。最初のビッグシープに遭遇した時、どうやって狩るのか見本を見せるというので、俺だけは待機する事になった。牛ほどもあるビッグシープと三人が対峙《たいじ》する。

ビッグシープの羊毛は非常に頑丈なので、魔装剣使いのススムにすると戦《たたか》い難《にく》い相手だ。なので、攻撃魔法使いのショウとユイが先制攻撃する。ショウは『クラッシュバレット』、ユイは『バレット』を使う。魔力弾がビッグシープに突き刺さる。だが、致命傷《ちめいしょう》ではない。次に破砕《はさい》魔力弾《まりょくだん》が命中し、ビッグシープにダメージを与える。

それを何回か繰り返し、ビッグシープが弱ったところをススムが黒鉄製剣による突きで仕留めた。今回は残念ながらダンジョンエラーは起きなかった。魔石だけが収入となる。

「どうだい？　アイデアがあったら、言ってくれ」

「そうだね。俺が生活魔法の『モゥイング』を最初に使って、それから攻撃するのがいいようだ」

ショウがユイに尋ねた。

「『モゥイング』って？」

「草刈り用の魔法よ。そんなのが役に立つの？」

「百聞《ひやくぶん》は一見《いつけん》に如《し》かずだ。やってみよう」

俺たちはビッグシープを探して、戦い始めた。

「まずは、俺が近付いて『モゥイング』、それから皆が攻撃してくれ」

ビッグシープに近付いた俺は、『モゥイング』を発動、羊毛の一部を刈り取った。

「嘘っ」「なんじゃそら」「はあっ」

三人三様の驚きの声が聞こえた。今度の声にはスッキリした気分になる。純粋に驚いていたからだ。

「どうした。攻撃しろ！」

三人が慌てたように攻撃する。ビッグシープは簡単に仕留められた。それも先ほどの五分の一ほどの時間だ。

「どういう事なの？」

ビッグシープが消えた後、ユイが噛《か》み付《つ》くように俺に尋ねた。

「何が？」

「どうして、『モゥイング』でビッグシープの毛が刈《か》れるのよ？」

「ああ、その事か？　魔物に対して『モゥイング』を発動すると毛が刈れる事を知っていたんで、ビッグシープに対して使ってみたら、この通りという事だ」

「そんな……あたしだって、『モゥイング』くらい使えるのに」

「え、そうなのか？」

「ユイは、攻撃魔法より生活魔法の才能が上なんだよ」

彼女は攻撃魔法の才能が『D』で、生活魔法の才能が『C』らしい。

「そうなんだ。もったいないな。ちゃんとした生活魔法の使い方を覚えれば、もっと活躍できるのに」

ユイが悔《くや》しそうな顔をするが、その目には希望が生まれている。

「その使い方というのは、どういうものなの？」

ユイの尋問《じんもん》するような質問に、ショウが苦笑している。

「ユイ、教えてもらおうというのなら、もう少し丁寧《ていねい》にお願いしろよ」

ユイは興奮しているようだ。

「ごめんなさい。ちょっと興奮しちゃって……教えてください。お願いします」

「まあ、いいけど」

俺は生活魔法使いの評価を上げたいと思っているので、生活魔法を使える者が増えるのは歓《かん》迎《げい》すべき事だった。俺は多重起動の使い方を教えた。

「多重起動はそういう風に使うのね。……はあっ、『モゥイング』の事もそうだけど、私は生活魔法の事を全然分かっていなかった」

ユイが少し落ち込んでいるようだ。ショウが肩を竦《すく》め声を掛ける。

「落ち込むなよ。その代わりに攻撃魔法を覚えて活躍しているじゃないか」

「でも、攻撃魔法の魔法レベルは『4』まで上がった後、中々上がらなくなっているのよ」

ユイは魔法レベルが中々上がらないので悩んでいたらしい。

「焦る必要はないさ。じっくりと魔法レベルを上げていけばいいんだ」

ススムが突然声を上げる。

「話は、そこまで。サテュロスだ」

羊人間のサテュロスが現れた。下半身が山羊《やぎ》で上半身が人間の戦士である魔物は、戦斧《せんぷ》を振り上げて襲ってきた。俺はクイントプッシュでサテュロスを弾き飛ばす。そこに身体を強化したススムが飛び込んで、サテュロスの首を刎ねた。俺の『プッシュ』を見たユイは、感動したように頷く。

「『プッシュ』が、こんなに威力がある魔法だったなんて」

ユイの生活魔法は魔法レベル3らしい。このチームでは、生活魔法が見直されたようだ。俺たちはビッグシープを求めて歩き回り、ユイが『モゥイング』を使って弱点を作るという戦い方に変わった。そして、七匹目のビッグシープを仕留めた時、ダンジョンエラーが起きた。

「やったぞ」

ショウたちが笑みを浮かべる。ショウたちは嬉しそうに笑いながら、バリカンを取り出して羊の毛を刈り始めた。ビッグシープの羊毛は丈夫なので刈るのに時間が掛かるという。

「これこそ『モゥイング』を使えば良いんじゃないのか？」

俺が言うとショウたちが変な顔をする。

「でも、魔力を使うんだろ」

「『モゥイング』は、それほど魔力を必要としない」

『モゥイング』を使って羊毛を刈った。五回使うとビッグシープは丸裸となった。その羊毛を羊毛運搬袋に詰め込む。マジックポーチの事を打ち明けようかと思ったが、まずはショウたちのやり方を学ぼうと思い、しばらく黙っている事にした。

ショウたちは丸裸にしたビッグシープを解体し、羊肉を袋に詰めて運ぶようだ。俺も羊肉が入った袋を担《かつ》いで、帰途《きと》に就《つ》いた。ショウたちがチームに俺を入れたのは、羊肉を運ぶ者が欲しかったという事もあるらしい。


地上に戻って冒険者ギルドに連絡し、羊毛と羊肉を取りに来てもらう。それから冒険者ギルドへ行った。先に到着した羊毛と羊肉の検品が終わっており、四等分した金額がそれぞれに支払われた。

俺から『コーンアロー』の事を聞いたユイが、魔法庁の支部へ買いに行くというので三人は一緒に出掛けた。俺は資料室で調べたい事があったので、冒険者ギルドに残る。少し休んでから、資料室へ行こうとした時、天音の声が聞こえた。

「あっ、グリム先生」

天音が嬉しそうに駆け寄ってきた。その後ろにはアリサたちと見知らぬ少年が居る。

「前に話したタイチ君を紹介しますね」

天音がタイチという少年を紹介してくれた。短期間に『プッシュ』『ロール』『コーンアロー』を習得した才能のある少年らしい。

「グリム先生、よろしくお願いします」

素直で性格の良さそうな少年らしい。少し自信がないようなところがあるが、生活魔法使いとして肩身の狭い思いをしてきたからだろう。

「今日はどうして冒険者ギルドへ？」

「ギルドの訓練場を使わせてもらおうと思って来たんです」

「学院の訓練場じゃダメなのか？」

アリサが溜息を吐いた。

「今度、県下の魔法学院が集まって競技会を開催《かいさい》するんです。学院の訓練場は、攻撃魔法使いと魔装魔法使いに優先させるという事になりました」

「不公平だな。生活魔法使いにも使う権利があるはずだ」

千佳が肩を竦めた。

「それが、その競技会は攻撃魔法使いと魔装魔法使いを中心に開かれるようなんです」

「生活魔法使いは、出場すらできないという事か？」

「いえ、一つだけ選抜チーム対抗戦というのには出られます」

魔法学院は県下に四校ある。その四校が一番優秀なチームを一つずつ選び競わせるという競技らしい。だが、ジービック魔法学院では、三年生になった黒月を中心に選抜チームを組ませ出場させるつもりのようだ。

他の競技は使う魔法を指定したり、攻撃魔法使いだけ、魔装魔法使いだけという縛《しば》りがあり天音とアリサは出場できないらしい。

「由香里だけは、何とか出場できるけど」

名前を挙げられた由香里は、嫌そうに顔を歪《ゆが》めた。

「あたしだけ出場するというのも嫌よ。それなら、千佳も出場できるんじゃないの？」

千佳が首を傾げた。

「私の場合、魔装魔法だけじゃなく生活魔法も使うから、純粋な魔装魔法使いとは言えないと思う」

「そうか、出られないのなら仕方がない。ところで、三人の魔法レベルはどうなった？」

俺が聞いたのは、生活魔法の魔法レベルである。

「三人とも、魔法レベル7になりました。でも、中々『8』には上がらないんですよ」

アリサが報告するように言った。アリサたちは休みの日に水月ダンジョンの二層と三層でオークとリザードマンを狩っているが、オークとリザードマンでは上がり難くなっているらしい。

俺と天音たちは訓練場へ向かった。

「最近は、どんな練習をしているんだ？」

「クイントプッシュ、クイントアロー、クイントブレードの早撃ちです」

五重起動の練習をしているらしい。そろそろ『センシングゾーン』と『オートシールド』を覚えて、強敵に備える時期だろう。

「そうか。今はチームに参加して、ビッグシープ狩りをしているから無理だけど、一ヶ月経ったら、一緒にダンジョンに行こう」

アリサはチームという言葉に反応した。

「チームに入ったんですか?」

「一ヶ月だけの助《すけ》っ人《と》だけどな。俺もチームの戦い方を勉強しようと思って参加したんだ」

「へえー、グリム先生も勉強しているんだ」

由香里が意外だという顔をする。

「当たり前だ。努力しないで強くなる事などできない。冒険者は強くないと稼《かせ》げないからな」

「それで稼げているんですか?」

「まあまあかな。今日もビッグシープ狩りをして、十二万ほど稼いだぞ」

「へえー、ビッグシープって、お金になるんですね」

「ダンジョンエラーを狙っているんだ」

由香里たちが感心したように頷いた。

「ダンジョンエラーなら、角豚を狙えばいいのに」

「角豚がダンジョンエラーになるのは、千回に一回だと聞いた事がある。それに比べて、ビッグシープがダンジョンエラーを起こすのは、三十回から四十回に一回らしいぞ」

「そうなんですか。なら、あたしたち凄く幸運だったんですね」

「由香里、喋《しゃべ》ってばかりいないで、練習を始めるよ」

アリサが注意した。俺は皆の練習を見ていたが、確実に上達していた。練習を続ける教え子たちを残し、俺は資料室へ向かう。調べたいと思っていたのは、賢者システムで創られた魔法とダンジョンに出現する巻物の関係である。

賢者システムで創られた魔法が、巻物や魔導書としてダンジョンで発見されるのかというものだ。資料を調べ、それに関する研究論文を一つだけ見付けた。それによると、賢者システムで創られた魔法がダンジョンで巻物として出てくる事があるようだ。但し、それは有名になった魔法に限るらしい。

賢者システムで創られた魔法でも使用者が何万人も居るようになると、ダンジョンで巻物として出て来るという。そうなるとダンジョン産の魔法は早めに魔法庁へ登録する必要があるが、賢者システムで創った魔法は遅れても構わないという事になる。

俺が急いで魔法庁に登録しなければならないのは、賢者システムで創った魔法ではない『オートシールド』だけのようだ。

「でも、『オートシールド』は五人で手に入れた魔法だからな。練習が終わったら相談しよう」

訓練場へ行くとタイチは魔力切れでへたばり、天音たちはセブンスアローの練習をしていた。天音たちに相談すると、俺に任せるというので一緒に魔法庁へ行って登録する事に決める。

「グリム先生、模擬戦とかで使える生活魔法はないのですか?」

アリサが尋ねた。

「模擬戦?　『プッシュ』や『スイング』でいいんじゃないか」

「それだと、審判が判定し難いんですよ。目に見えないので、魔装魔法使いが相手だと平気な顔で耐えられますから」

俺はちょっと考えて、アイデアが浮かんだ。

「ちょっと試してみよう」

俺は大岩の的に向かって、ダブルプッシュを放った。大岩に命中したD粒子プレートは砕《くだ》け散《ち》る。それを確かめてから、ダブルプッシュを二発同時に放ってみた。

正確に言うとクワッドプッシュなのだが、三枚目のD粒子プレートを重ねる時、少し隙《すき》間を開けたのだ。その結果、大岩に命中した時、大きな『パン!』という音が響いた。手を打ち合わせた時に『パン!』という音が出るように、D粒子プレート同士を打ち合わせて音を響かせたのだ。

「グリム先生、それは?」

アリサたちが首を傾げている。俺が説明すると皆が感心したように頷いた。

「なるほど、音で命中した事を知らせるんですね」

ちなみに、攻撃魔法はどうなのかというと、『バレット』の魔力弾などは微《かす》かに光っているので、注意深く見ていれば命中したかどうかが分かる。

その後、少し雑談してからアリサたちと別れ、帰宅した。

◆◆◇◇◆◆◇◇◆◆

冒険者ギルドでアリサたちと会った翌々日、俺はまたショウたちと水月ダンジョンへ潜っていた。ショウたちは一日おきにビッグシープ狩りをしているらしい。四層でのビッグシープ狩りは順調だ。『モゥイング』を組み込んだ戦術は、ビッグシープ狩りを効率化した。一日に五匹から八匹が限度だったのに、今日は十二匹目のビッグシープを倒している。

「凄いな。このまま続けると一日で二十匹くらい倒せるんじゃないか？」

ススムが嬉しそうに笑う。それを聞いたユイが飛び上がって喜ぶ。

「凄い、それだと収入が三倍くらいになるという事だよね」

ショウがゆっくりと首を傾げる。

「そんな勢いでビッグシープを狩り続けたら、ビッグシープのリポップが追い付かなくなって、狩れる数が減ると思うけど」

ショウはしっかりした考えを持つリーダーのようだ。それを聞いたユイがガッカリする。

「そうなの。どうすればいいと思う？」

ユイはショウではなく、俺に尋ねた。

「そうだな。ビッグシープ以外の獲物を考えればいいんじゃないか」

ショウも賛成するように頷いた。その日、俺たちは二十一匹のビッグシープを狩った。だが、ダンジョンエラーは起きない。地上に戻りダンジョンハウスで着替えてから、ショウたちと別れた。

次の日、俺は防具屋に行った。ショウから注意されたので、装備を買い換えようと思ったのだ。オーガの革鎧か、アーマーボアの革鎧か迷ったが、アーマーボアの革鎧にする。高価だったが、防具をケチる訳にはいかない。新しい革鎧を買った後、俺たちは二日に一度ダンジョンに潜ってビッグシープ狩りを続けている。そして、半月が経った頃までに、ダンジョンエラーが三回起きた。

この半月の間、ビッグシープを狩り続けたせいか、ビッグシープとの遭遇率が下がってきている。どうやらビッグシープ以外の獲物を見付けなければならないようだ。ビッグシープを探して四層を周回していると、ユイから話し掛けられた。

「グリム先生、『コーンアロー』『プッシュ』『スイング』は使えるようになりました。次は何を覚えたらいいと思います?」

ユイの生活魔法は魔法レベル4になっていた。

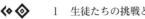

「次は『ブレード』か『ジャベリン』がいいと思うけど、その二つは魔法レベル5でないと習得できないんだ。もう一つ上がってからだな。その代わりにトリプルプッシュとトリプルアローの早撃ちを練習するといい」

俺は近くの木に向かって、ほとんど間を置かずにトリプルアローを二度発動させて見せた。

一瞬で木の幹に二つの傷が出来たのを見て、ユイが目を丸くする。

「凄い、咄嗟《とっさ》に魔法を発動できるのは、こんな練習をしているからなのね」

ユイが感心している横で、ススムがビッグシープを探していた。

「ダメだ。居ないぞ」

ショウが顔をしかめてから溜息を漏らす。

「はあっ、やっぱり他の獲物を探さなきゃならないのかな。どんな魔物がいいと思う？」

ススムが水月ダンジョンの魔物の中から候補を挙げる。

「一番金になりそうなのが、六層のキングスネークかな。あれは赤魔石〈中〉を残すから」

ショウが嫌そうな顔をする。ショウも蛇《へび》は嫌いらしい。

「キングスネークが相手だと、僕たちが勝てるかが問題だな」

俺なら『オートシールド』で防御しながら戦えば勝てる。だが、ショウたちは難しいだろう。

ショウが消極的なのを感じたススムは、次の候補を挙げる。

「五層の洞穴《ほらあな》に居るリザードソルジャーはどうだ？」

「ん？　五層に洞穴なんかあったのか？」

俺が首を傾げながら質問すると、ススムが得意そうに胸を張る。

「知らないんだ。三本の巨木があっただろ。その真ん中の巨木の奥に洞穴があるんだ」

俺は階段を見付けたらすぐに六層へ行ったから、知らなかった。リザードソルジャーは赤魔石〈小〉なのだ。高値で換金できるので、いいかもしれない。

「でも、リザードソルジャーは割と手強いぞ。それに洞穴は真っ暗だ」

ショウが指摘する。リザードソルジャーは正統派の剣士である。明るい場所で遭遇した時は意識しなかったが、熱を感知する能力があり、闇の中での戦いが得意なのだという。

「行ってみようか？」

ユイが提案した。ショウとススムが賛成したので、五層へ行く事にする。五層に下りて真ん中の巨木を目指して進んだ。この森林エリアに生えている木には、ドングリのような実がなっているが、人間は食べられないらしい。

バトルモンキーに遭遇。こいつは小型のゴリラのような魔物である。バトルモンキーが得意な攻撃は、敵の手足を摑《つか》んで振り回すというものだ。捕まる前に仕留めれば、何の問題もない。

ショウが魔力弾で撃ち抜いて仕留めた。オークやダークタイガーとも遭遇したが、余裕を持って仕留める事ができた。やはりチームとして活動している場合は、楽で良い。

「見えてきたぞ。洞穴だ」

ススムが声を上げた。丘のような場所に洞穴が見える。中を覗《のぞ》くと真っ暗で何も見えない。

ユイが『ライト』を発動する。

ユイの頭上に光の玉が浮かんだ。俺は久しぶりに暗視ゴーグルを装着した。この暗視ゴーグルは、光量を自動で調節する機能があるので、『ライト』を使っても問題ない。なぜ暗視ゴーグルを使うかというと、『ライト』には欠陥があるからだ。光の玉は衝撃《しょうげき》を受けると消えてしまうのだ。俺が敵だったら、まず光の玉に衝撃を与えて消してから、敵を攻撃する。

「へえー、それは魔道具の暗視ゴーグルなのか？」

ショウが羨《うらや》ましそうに言う。

「ああ、光の玉は衝撃に弱いからな。さあ、行こう」

ショウとススムは小型の懐中電灯を取り出して点灯した。二人がヘッドランプではなく懐中電灯を選んだのは、ヘッドランプは頭を少し動かしただけで光の向きが変わるからだ。それでは敵の姿を見失うかもしれない。それで懐中電灯を選んだのである。

俺は洞穴に入ると、広さをチェックした。洞穴の高さは二メートルほど幅は三メートルほどだろう。

「この洞穴のどこかで、宝箱が見付かるという話もあるんだ」

ススムは割と情報通だ。ダンジョンの事については、色々と調べたらしい。

「でも、誰かが中身を奪った後なんだろ」

「ダンジョンの宝箱は、中身を持ち出しても一定期間が過ぎると、補充されるんだよ」

ショウが教えてくれた。なんて、素敵なシステムなんだろう。暗視ゴーグルに敵の影が映った。

「敵だ。気を付けろ」

俺は戦鉈を構える。敵はリザードソルジャーである。ススムが一番に突撃する。片手に懐中電灯を持ったままの戦いは、不利であるようだ。ススムとリザードソルジャーの剣が激しい攻防を繰り広げる。

「離れて！」

俺が叫ぶとススムが跳《と》び退《の》いた。その瞬間、クワッドプッシュがリザードソルジャーを弾き飛ばす。それを見たショウが魔力弾を放った。その魔力弾がリザードソルジャーの胸を貫く。それで勝負が決まった。リザードソルジャーの死骸《しがい》が消え、赤魔石〈小〉が残された。ユイが拾い上げる。

「ススム、戦い難いようだな？」

俺が尋ねるとススムが苦い顔をする。

「魔装魔法の中に、暗闇でも見えるようになる魔法はないの？」

ユイが尋ねた。

「あるけど、まだ習得していないんだ」

俺は暗視ゴーグルを外して、ススムに渡した。

「仕方ないから、これを使ってくれ」

「貸してくれるのか。ありがとう」

盾役であるススムの実力が発揮《はっき》できないと、戦力が半減する。仕方ないだろう。『センシングゾーン』を使えば暗視ゴーグルの代わりになるが、『ライト』を発動し光の玉を頭上に誕生させた。『センシングゾーン』は大量の魔力を消費するので魔力を節約しようと思ったのだ。

ユイの光の玉を合わせれば、十分な光源となるだろう。

ただ『センシングゾーン』は使わないが、何となくD粒子の動きを感じるようになっているので、半径五メートルの範囲なら敵の存在が分かるようになっていた。

「先に進むぞ」

ショウが声を上げ、俺たちは先に進み始めた。それからリザードソルジャーを三匹倒す。その後、三方向に分かれる分岐点《ぶんきてん》に到達した。

「この先は、それぞれ大きな部屋に繋《つな》がっているんだ」

ススムが教えてくれた。運が悪いとリザードソルジャーの集団が居る部屋を選ぶ事があるらしい。なので、ここで引き返すチームもあるようだ。

「どうする。引き返すか？」

俺はショウに確認した。

「一番左の道を進もう。もう少し魔石を集めたい」

俺たちは賛成して左に進み始めた。リザードソルジャーを二匹倒し大きな部屋に辿《たど》り着いた。

ススムがそっと中を覗いた後、俺たちのところに戻ってくる。

「リザードソルジャーが二匹だ」

俺たちは戦う事にした。一斉に部屋に飛び込み、ショウが最初に『ファイアバースト』を放った。右側のリザードソルジャーに命中して爆発。その爆風が俺たちを襲い、光の玉が消えた。暗闇の戦闘において『ライト』があまり使われないのは、こういうことになるからだ。爆風の衝撃で光の玉が消失したのである。俺は素早く『ライト』を発動し光を取り戻す。そして、振り向きざまトリプルプッシュを放った。D粒子の動きだけで背後から何かが襲って来るのを感じたのだ。バランスを崩したリザードソルジャーにススムが跳び掛かり、切り捨てる。

「こいつはいいな。激しく動いても少しもずれない」

ススムが暗視ゴーグルを褒める。持ち主としては嬉しいのだが、使う機会が少ないのは残念だ。俺たちはもしかして宝箱が隠《かく》されていないかと思い、探した。残念ながら見付からない。という事で、帰る事にした。地上に戻った時、俺たちの手には八個の赤魔石〈小〉があった。

「リザードソルジャー狩りもいいな。あの洞穴じゃなくて、八層でリザードソルジャー狩りができたらいいんだけど」

ショウたちの実力だと六層のキングスネークが突破できないらしい。ユイがクワッドプッシユを早撃ちできるようになれば、倒せる魔物である。俺がその事を話すと、ユイの目が輝いた。

「私が頑張る。少しでも早くできるようになるから」

ユイの闘志が燃え上がったようだ。この調子で頑張れば、今月中に魔法レベル5になるだろう。そうしたら、『ブレード』と『ジャベリン』を習得できるし、早撃ちを練習してキングスネークを倒せるようになる。俺たちはリザードソルジャー狩りとビッグシープ狩りを交互に行うようになった。五回目のダンジョンエラーで羊毛と羊肉を獲得し、ショウたちチームとダンジョンに潜る最後の日になる。ちなみに、今日の狩りの目的はリザードソルジャーだ。

「グリム先生、この後もチームに残ってください」

ダンジョンに入る前に、ユイが突然提案した。ショウやススムも賛成しているようだ。だが、F級冒険者のチームに、E級冒険者の俺が居るのは違和感があった。それにショウたちの仕事のやり方は、俺のスタイルじゃないと思ったのだ。

「その申し出は嬉しいが、他にやりたい事があるんだ」

ショウたちが残念そうな顔をする。

「そうなんですか。残念です。でも、今後も生活魔法の事で相談に乗ってください」

「それはOKだ」

俺がニッコリ笑って言うと、ユイもニコッとする。ショウが俺の顔を見て声を上げる。

「それじゃあ、グリムと最後の探索に行こう」

俺たちは五層の洞穴へ向かった。洞穴に到着して中に入る。暗視ゴーグルはススムに貸している。俺は光の玉の明かりを頼りに奥へと進んだ。リザードソルジャーを二匹倒した後に、分岐点で右に進む。またリザードソルジャーを二匹倒し大きな部屋に到達した。ススムが部屋の入り口から、そっと中を覗く。ススムが緊張した様子に変わるのが分かった。戻って来たススムが、部屋の中に六匹のリザードソルジャーが居ると報告する。

「どうする？」

ショウから尋ねられた俺は、ユイの方をチラッと見た。

「俺に任せてくれないか。最後に生活魔法使いの戦い方を見せるよ」

ショウがちょっと驚いたような顔をする。俺はススムに貸していた暗視ゴーグルをユイに渡し、しっかり見ているようにと告げる。それと一緒に、飛び込んだ瞬間に『ライト』の光の玉を部屋の天井近くに浮かべるように指示する。

「大丈夫なんですか？」

「これでもE級冒険者なんだ。これくらいできるというところを見せてやる」

俺は『センシングゾーン』と『オートシールド』を発動させ、戦鉈を右手に握り締める。深呼吸してから、部屋の中に飛び込んだ。その瞬間、ユイの『ライト』で部屋が明るくなる。

クワッドアローの早撃ちを二度発動する。それで二匹のリザードソルジャーを倒した。俺に気付いたリザードソルジャーが襲ってきた。そいつに向かってクワッドプッシュを放つ。D粒子プレートが撥ね飛ばすと、右側に居たリザードソルジャーがロングソードで斬り掛かる。俺は跳び退きざまクワッドブレードを横薙《よこな》ぎに払う。リザードソルジャーの首が飛んだ。同時に二匹のリザードソルジャーが襲ってきたので、一匹にクワッドプッシュを叩き込み、もう一匹の斬撃《ざんげき》をD粒子シールドで防いでから、クワッドアローを叩き込む。

最初にクワッドプッシュで撥ね飛ばしたリザードソルジャーが起き上がって襲ってきた。『ブレード』の射程に入った瞬間、クワッドブレードを上段から袈裟懸《けさが》けに斬り付ける。残ったのは一匹だけとなった。リザードソルジャーがためらうような様子を見せたので、俺はスタスタと近付いてクワッドアローを撃ち込んだ。戦闘中に光の玉が消えるかもしれないと考えて、ユイに暗視ゴーグルを預けたが、光の玉は健在だ。三人が全部を見ていただろう。

「凄え！」「信じられん」「……」

その声が聞こえたと同時に、部屋の隅《すみ》で何かが動く気配を感じた。この気配というのは、D粒子が動いたという事だ。三人が部屋に飛び込んできて、口々に俺を褒《ほ》め称《たた》える。嬉しいんだが、それより気になる事があった。

「ちょっと静かに……あそこの隅で何か動いたんだ」

「動いたって……何もおかしな所はないようだけど」

ショウが部屋の隅に近付いて観察する。見た目は変わらないようだ。俺は壁や床を叩いてみた。壁は異常なし、床は一ヶ所だけ音が違う場所がある。そこを強く叩くとタイルのようなものが外れて、穴が姿を現した。俺が感じた気配は、このタイルをロックしていたものが外れた動きだったらしい。

「穴の中にレバーがある」

俺が言うと競い合って三人が穴を覗く。

「これは、もしかするんじゃないか？」

ススムが興奮気味に声を上げた。ショウとユイがうんうんと頷いている。俺もちょっと興奮してきた。だが、これが罠《わな》だという恐れもある。そこでレバーを引くのをススムに任せる事にした。防御用の魔装魔法を使った状態で、レバーを引かせようというのだ。俺たちは少し離れたところから、ススムにエールを送る。

「なあ、これって、俺がもの凄く危険じゃないか？」

アドバイスを一言送る事にした。

「考えるな、感じろ。……違った、危険を感じたら逃げるんだ」

ススムが自棄糞《やけくそ》でレバーを引いた。その瞬間、天井がパカッと開いて宝箱がススムの頭上に落ちてきた。

「うわっ！」

必死で避けるススム。宝箱は床に当たり蓋《ふた》が開いて中身を撒《ま》き散《ち》らした。

「この罠を考えた奴《やつ》の心は、捻《ひね》くれている」

俺は感想を言ってから、散らばったものを確認した。一つは聖銀製の盾だった。野球のホームベースのような形をしている。盾を持ち上げると、結構重量があった。ショウたちは他の品物を拾い上げた。初級治癒魔法薬一本とオーク金貨が三枚だ。ショウたちが俺の持つ盾の周りに集まってきた。

「聖銀製の盾だよな。凄く高いんじゃないか？」

ススムが鼻息を荒くして尋ねると、ショウが頷いた。

「そうだな。この盾くらいの大きさだと数千万だと思う」

その金額を聞いて、ススムが両手を上げて歓喜の叫びを上げる。ユイとショウも興奮している。俺は割と冷静だ。俺の左手の中指には、億超えの『効率倍増の指輪』があるからだ。この指輪をはめるようになってから、魔力切れの心配がほとんどなくなった。

ちなみに冒険者の男性には、様々なアクセサリーを着けている者が多い。それらが魔道具である事は珍しく、ほとんどは幸運の指輪などという縁起物だ。という事は、俺が指輪をしていても目立つような事はないのだ。

俺たちは魔石を拾い集めると急いで地上に戻った。そして、急いで着替えてから冒険者ギルドへ向かう。受付に行って、盾と金貨、それに魔石をカウンターの上に置く。初級治癒魔法薬はショウたちが使うらしい。

鑑定に少し時間が掛かるというので、待合室で待つ事にした。ドキドキしながら待っている時間も楽しい。一時間ほど待って名前が呼ばれた。俺たちは受付に行って、金額を聞いた。冒険者ギルドが買い取る場合、四千万を少し超える金額になるらしい。俺たちは相談して、冒険者ギルドに売る事にした。オークションに出すという方法もあるが、その場合は手数料が取られるので、得になるか損になるかは分からないという。

受付で四等分した金額を銀行口座に振り込んでもらうように手続きをした。初級治癒魔法薬については、俺からのプレゼントという事にする。それから近くの店で贅沢《ぜいたく》な食事をしながら話が盛り上がり、皆がニコニコ顔で騒いだ。

2 強き冒険者を求めて

タイチが生活魔法を天音《あまね》たちから習い始めて一ヶ月半が経過した。その間にタイチは生活魔法の魔法レベルが『3』になった。そして、『プッシュ』『ロール』『コーンアロー』『スイング』『ライト』を習得。トリプルプッシュやトリプルアローも使えるようになり、巨木ダンジョンの四層まで攻略済みとなる。

「タイチ、黒月《くろつき》先輩の事を聞いたか？」

タイチの友人の一人が尋《たず》ねた。

「黒月先輩って、三年の？」

「そうだよ。この学院のトップだぞ。その先輩がチームメイトを募集しているんだ」

タイチが首を傾《かし》げた。選抜チームなら一ヶ月前にメンバーが決まったはずだからだ。

「どうして、募集しているんだ？」

「何も知らないんだな。水月《すいげつ》ダンジョンの十二層でオークナイト狩りをしている最中に、オークナイトの群れと遭遇《そうぐう》して、黒月先輩以外のメンバーが負傷したんだよ」

タイチは選抜チームのメンバーにアリサたちが相応《ふさわ》しいのではないかと思った。その放課後にアリサたちを捜し出したタイチは、選抜チームメンバー募集に応募したらどうかと提案する。

「パスね。今からチームを組んでも、自分の力を発揮《はっき》できないと思う」

由香里《ゆかり》がきっぱりと断った。

「私もそうね」

アリサや天音、千佳《ちか》も断る。あまり選抜チームには興味がないようだった。

「それにね。今週から週末は、グリム先生とダンジョンを探索する事になっているのよ」

天音が嬉《うれ》しそうに言った。

「そうなんだ。僕も行きたいな」

「それは無理よ。ほとんどが中級ダンジョンでの探索なんだから」

タイチは冒険者ギルドに登録したばかりのＧ級である。初級ダンジョンにしか潜れない。タイチと天音たちが話していると、カリナが現れた。

「良かった。まだ帰っていなかったのね」

アリサは首を傾《かし》げて問う。

「カリナ先生、どうかしたんですか?」

「校長先生が、あなたたちを呼んでいるのよ」

「もしかして、グリム先生の事かな?」

アリサたちは校長室へ行った。そこで待っていたのは、校長と教頭だった。

「校長、まだ校内に居たので連れてきました」

「ありがとう。皆はソファーに座ってくれ」

アリサたちがソファーに座ると、校長が黒月とチームを組んで、選抜チーム対抗戦に出てくれないかと頼んできた。

アリサは腑《ふ》に落《お》ちないという顔をする。自分たちはそこそこ強いと思っているが、個人としては学院のトップには届かないと思っていた。

「なぜ私たちなのですか？」

鬼龍《きりゅう》院《いん》校長は渋《しぶ》い顔をした。

「トップクラスの実力を持つ生徒の中で、チームを組んでいるのが君たちだけなのだよ」

「三年生の中には、私たちより実力のある者は居るはずです。その人たちがチームを組めばいいだけじゃないんですか？」

「それも考えて、教頭先生がチーム編成を進めている。但《ただ》し、残り一ヶ月足らずでは、チームワークを高められないかもしれない。そこで考えたのが、実力とチームワークを備えた君たちに、黒月君を参加させるという方法だ」

選抜チームは五人までなので、天音たちに黒月を参加させるという事を考えたらしい。

「でも、黒月先輩はどうするのです？」

「黒月君には遊撃兵《ゆうげきへい》として、活躍してもらおうと考えている」

遊撃兵なら、チームワークはあまり関係ないだろうという。かなりいい加減なアイデアだが、理屈は通っている。教頭が天音たちを見回す。

「言っておくが、本命は私が編成しているチームだ。君たちは万一の場合の保険だ」

教頭が生活魔法に対する評価を変えて、自分たちを参加させる事にしたのかと思っていたが違うようだ。アリサがガッカリして溜息《ためいき》を漏らした。やはり教頭は頭の固いクズだったという事らしい。

「教頭先生、彼女たちに失礼だろう。儂《わし》はグリムの教え子である君たちが、選抜チームには相応《ふさわ》しいと思うのだが、教頭先生や他の先生たちがダメだと言うのだ」

天音が教頭を睨《にら》む。教頭が目を逸《そ》らした。

「すまんが、火曜日と木曜日の放課後に、黒月君との共同訓練に参加してくれないだろうか？」

校長の頼みなので、アリサたちは引き受ける事にした。これが教頭の頼みだったら、即座に断っている。

◆◆◇◇◆◆◇◇◆◆

その週の週末、俺はアリサたちと一緒に草原ダンジョンへ行った。

「グリム先生、初級ダンジョンなんですか？」

天音が尋ねる。

「ああ、ボス狩りをしようと思うんだ」

「あのオークナイトですか？　あたしたちで大丈夫でしょうか？」

「三人は、五重起動の練習をしているんだろ。なら、大丈夫だ」

「グリム先生、あたしも大丈夫ですよ。魔法レベル7になって、『ライトニングボム』と『マナウォッチ』を覚えました」

俺は由香里を褒めた。天音が羨《うらや》ましそうな顔をする。

「『ライトニングボム』って、バチバチッと火花が飛んで綺麗《きれい》なんですよ。生活魔法に綺麗な魔法はないんですか？」

「綺麗かどうかは分からないが、『サンダーボウル』と『サンダーアロー』という生活魔法がある」

アリサがやっぱりという顔をする。

「校長先生から聞いたのですが、ダンジョンで魔導書を手に入れたんですか？」

「俺が賢者《けんじゃ》になったという可能性は考えないのか？」

俺とアリサとの間に、天音が割り込んできた。

「グリム先生は、賢者という感じじゃないですね。賢者というのは校長先生みたいなタイプですよ」

それって、俺から知性とか威厳《いげん》みたいなものが感じられないという事だろうか？　まあいい。

「賢者にしても魔導書にしても、秘密だ。皆も他には喋《しゃべ》るなよ」

「は～い」

という返事が皆から返ってきた。俺たちは草原ダンジョンに潜って、例の隠し通路へ向かった。周囲に注意しながら隠し通路に入り、オークとリザードマンを倒しながらボス部屋の前まで行く。

「危険だと判断するまで、俺は手を出さない。皆でボスを倒すんだ」

「何か、アドバイスはありますか？」

アリサが確認した。俺は『袋叩《ふくろだた》きだ』と答えた。

「やっぱり、賢者というのは無理がありますね」

由香里が言う。それを聞いた他の三人が頷《うなず》いた。

「クッ、さっさと行け！」

皆でボス部屋に入った。オークナイトが身構える。アリサたちは散開し、オークナイトを中心に扇形《おうぎがた》になるような位置に着く。

オークナイトが天音目掛《めが》けて襲い掛かってきた。天音はクイントプッシュを叩き込む。撥《は》ね飛ばされたオークナイトが立ち上がろうとした時、アリサのクイントジャベリンが命中してオークナイトの鎧《よろい》をへこませる。次々に生活魔法と攻撃魔法がオークナイトに命中し、その息の根を止めた。オークナイトが消え、何かがボス部屋の床に残った。アリサと由香里がニコッと笑う。

「グリム先生、魔法レベルが上がりました」

「あたしも」

二人は身体の中でドクンという音を聞いたらしい。

「おめでとう。やっぱり袋叩きが正解だっただろ？」

アリサが笑って答える。

「そういう事にしておきます。さあ、ボスドロップの確認よ」

皆でボスドロップの確認を行う。三つのものが落ちていた。一つは緑魔石〈中〉である。

そして、もう一つはゴールドバーと呼ばれる金地金だった。この大きさだと五十万ほどするだろう。最後に残ったのは、魔力カウンターと呼ばれるもので魔力量を計測して表示するものだった。形状は軍用の認識票、またはＩＤタグと呼ばれているものに似ている。

光沢のある銀色のタグで、触っている者の残存魔力量を表示する。試しに、俺が触ってみると三千という数字を表示した。表示された数字は、魔法文字に使用される数字である。アリサたちは六百～七百だった。この魔力カウンターも魔道具の一種であるが、大量にドロップするので安かったはずだ。

アリサたちに売るのかと尋ねると、自分たちで使うという答えが返ってきた。アリサが魔力量を計測する分析魔法『マナ』が使えるので必要ないかとも思ったが、『マナ』は魔力を消費するので、魔力を消費しない魔力カウンターは必要だという。

オークナイトとの戦いを見ていて、アリサたちの実力が分かった。彼女たちはＥ級冒険者に匹敵《ひってき》する。ただ攻撃力はあるのだが、防御面が貧弱《ひんじゃく》だった。

帰り道では魔法レベルが上がっていない天音と千佳だけでオークとリザードマンを倒すように指示を出す。だが、そんな簡単に魔法レベルが上がる訳もなく、レベルが上がらないまま隠し通路の終点まで戻った。草原ダンジョンに戻った俺たちは、木の生えている場所まで行く。

「これから『サンダーボウル』『サンダーアロー』『オートシールド』の使い方を教える」

『ハイブレード』を除いたのは、F級冒険者の天音たちには早いと思ったからだ。天音が手を挙げる。

「ここは教室じゃないんだぞ。手を挙げる必要はない」

「『センシングゾーン』は教えてもらえないんですか？」

「あれは教えられるものじゃないんだ。自分で地道に修業する必要がある。その代わり修業するほどD粒子《りゅうし》に対するセンサーみたいなものが磨《みが》かれて、『センシングゾーン』を使わない時でもD粒子を感じられるようになるんだ」

皆が感心したように頷いた。

「まずは、『オートシールド』から使ってみせよう」

俺はマジックポーチから竹刀《しない》を取り出して、千佳に渡した。

「俺が合図したら、竹刀で攻撃してくれ」

そう言ってから、『オートシールド』を発動し、千佳に合図を送る。千佳は竹刀を上段に構えてから、俺の頭に向かって振り下ろした。Ｄ粒子シールドの一枚が移動して、その竹刀の一撃を弾《はじ》き返した。

「おおーっ」

天音が声を漏らし、目をキラキラさせている。

「どんどん打ち込んでこい」

俺が指示すると、千佳が連続で竹刀を振る。その尽《ことごと》くをＤ粒子シールドが弾き返した。俺は千佳に終わりだと告げる。

「凄《すご》いです。これがあれば、攻撃を受ける事はなくなるんじゃないですか？」

天音が興奮《こうふん》気味に質問してきた。

「いや、これは万能じゃないんだ。爆風は防げないし、強力な攻撃を受けると強制解除される事もある」

俺はゴブリンキングの火球弾を受けて強制解除された時の事を話した。

「それに魔力の消費が多いから、長時間は使えない」

アリサが頷いた。

「使うタイミングを考えないとダメだという事ですね？」

「そうだ。素早い魔物を相手にする場合や複数の魔物に取り囲まれた場合は、使った方がいいようだ。それに『センシングゾーン』と同時に使うのが効果的だ」

「あっ！」

その時、由香里が急に声を上げた。俺は由香里に視線を向ける。

「どうしたんだ？」

「グリム先生、やりました。生活魔法が魔法レベル1になっています」

攻撃魔法と同時に生活魔法もレベルが上がったらしい。由香里は攻撃魔法の魔法レベルが上がった事よりも、生活魔法の魔法レベルが上がった事を喜んでいた。自分だけ仲間外《なかまはず》れの気分が強かったようだ。

「おめでとう。お祝いに『コーンアロー』の魔法陣をプレゼントしよう」

「ありがとうございます」

由香里は滅茶苦茶《めちゃくちゃ》喜んでいた。

「さて、次は『サンダーボウル』と『サンダーアロー』だ」

俺は木の幹《みき》に向かって、『サンダーボウル』を発動させた。放電ボウルが飛んで木の幹に当たりバチッと火花を飛ばす。

アリサが『サンダーボウル』の威力《いりょく》について質問した。

「威力はどれほどなのでしょう？」

「多重起動しない放電ボウルは、強力なスタンガンと同程度の威力だと考えている。人間に対して使っても、気絶《きぜつ》や死ぬなんて事はない。対人戦に使っても問題ないだろう。但し、相当痛いから、間違っても遊びで使うな」

「多重起動した場合は、どうなるんです？」

「トリプルサンダーボウルでゴブリンを仕留《しと》める事ができた。それ以上は試していない」

アリサたちは頷いた。

次に『サンダーアロー』を試して見せた。トリプルサンダーアローで木の幹に突き刺さった放電コーンアローの先から電流が流し込まれ、木の幹から白い煙《けむり》のようなものが立ち昇《のぼ》る。天音が不満そうな顔をする。

「『サンダーアロー』はバチッと火花を散らさないんですね」

「でも、威力は『サンダーアロー』の方が上だぞ」

『サンダーボウル』の場合、巨大な魔物だと体表だけを電流が流れ効果が薄い事もあるだろう。それに対して『サンダーアロー』だと、突き刺さった内部で電流が流れるので威力が高くなる。

天音たちが七重起動の『サンダーアロー』を見たいと言い出した。まだセブンスサンダーアローは試した事がなかったので、ここで試す事にする。

「それじゃあ、射程ギリギリの十メートル離れて、撃ってみよう」

俺は太い幹を持つ木を目掛けて、セブンスサンダーアローを放った。七つが重なった放電コーンアローは、火花を放ちながら飛び、木の幹に突き刺さると雷が落ちた時のような轟音《ごうおん》を発して稲妻《いなずま》が上へと駆《か》け上《のぼ》り、木の天辺《てっぺん》から上空へと飛び出した。

「ひゃああっ」

天音たちが可愛《かわい》い悲鳴《ひめい》を上げる。木の幹には大きな傷が出来ていた。高圧電流が走り抜けた痕《あと》である。木の内部にあった水分が加熱され、湯気が立ち昇っている。もしかすると、煙も混じっているのかもしれない。アリサは恐怖を感じたようだ。この『サンダーアロー』もアリサたちには早かったかなと思ったが、教えてしまったのだから仕方ない。

「この魔法は、近距離で放ったら、ダメですね」

「そうだな。放った本人まで、危険かもしれない」

俺は『サンダーボウル』『サンダーアロー』『オートシールド』『センシングゾーン』について説明した。その後、地上に戻って着替え、冒険者ギルドへ行く。ゴールドバーや魔石を換金《かんきん》するためである。金は五人で分けた。俺はほとんど戦っていなかったので要らないと言ったのだが、授業料だと言ってアリサたちから押し付けられる。

「それじゃあ、俺からは魔法陣をプレゼントしよう」

予《かね》てから用意していた四つの生活魔法の魔法陣をアリサたちに渡し、由香里には『コーンアロー』の魔法陣を渡す。

「来週の週末には、どれか一つでも習得しといてくれ」

もちろん、由香里は別である。由香里は『プッシュ』から覚えた方がいいだろう。その事は伝えた。そして、得意でない魔法を覚えるには根気《こんき》が必要なので頑張れと言う。千佳が俺に視線を向けた。

「グリム先生は、以前に魔装魔法の『パワーアシスト』を習得しようとしていましたよね」

その事だけは訊《き》いて欲しくなかった。

「と、途中で色々あって、中断しているんだ。もちろん、俺も最後まで頑張るつもりだ」

ちょっと嫌な汗が滲《にじ》み出《で》た。本気で頑張ろう。アリサたちと別れた俺は、アパートに帰って『パワーアシスト』の魔法陣を睨む作業を再開した。その結果、四日後に『パワーアシスト』を習得する。


草原ダンジョンでボス狩りをした翌々日、アリサたちは黒月との共同訓練を行う事になった。着替えたアリサたちが訓練場へ行くと黒月とカリナ、貝塚《かいづか》が待っていた。貝塚は攻撃魔法の教師である。

「カリナ先生、共同訓練というのは、何をするんですか?」

アリサが質問した。

「私と貝塚先生のチームと戦ってもらいます。但し、魔法の威力は抑えてもらいますよ」

チームで模擬戦を行うらしい。黒月は遊撃兵として動くという話だが、どういう動きをするのだろうと、アリサは疑問に思った。黒月がアリサたちのところへ来た。

「今日から、よろしく頼む」

「こちらこそ、よろしくお願いします」

アリサたちも返事をして、模擬戦の準備を始める。まずは最初に模擬戦をやってみる事になった。アリサたちは前衛が千佳と天音で、運動が苦手なアリサと由香里が後衛になる。カリナが魔装魔法の『コスモガード』を使って肉体を強化してから、突撃してきた。

素早い動きで天音を攻撃しようとした時、黒月がカリナに襲い掛《か》かる。黒月とカリナの間で激しい戦いとなった。そうなって、アリサたちの敵は貝塚一人になる。

アリサは貝塚を攻めるように指示した。

「そうはいかんぞ。これでどうだ」

貝塚が攻撃魔法の『ライトショットガン』を使った。十数個の光る魔力弾が、アリサたちに向かってばら撒《ま》かれる。これは模擬戦用と言ってもいい攻撃魔法である。

「由香里」

アリサの声で、由香里がアリサの背後に跳び込む。生活魔法が使える三人はトリプルプッシュで迎撃《げいげき》した。自分の攻撃を迎撃された貝塚は、ニヤッと笑って威力を落とした『ファイアバースト』を放つ。それを見た千佳が火炎弾に向かって跳んで、クワッドプッシュを放つ。生活魔法の防御は『プッシュ』が基本なのだ。クワッドプッシュが火炎弾を迎撃した瞬間、炎がぶわっと広がった。千佳は少し炎を浴びたが、魔装魔法の『パワーアーマー』を使っていたのでダメージはなかった。これが貝塚の本気の『ファイアバースト』だったら、爆風で吹き飛ばさ

れていたかもしれないが、致命傷《ちめいしょう》にはならなかっただろう。

天音が貝塚との距離を縮めようとするが、それを嫌った貝塚は後退する。攻撃魔法には模擬戦用の魔法が多く存在する。なので、安心して模擬戦ができるのだが、模擬戦が強いからといって実戦でも強いとは限らない。貝塚が『レインボービーム』を天音に向かって放った。これは迎撃が間に合わなかった。天音の胸に当たったビームがポンと爆《は》ぜる。ダメージはほとんどないが、天音は戦線離脱である。

黒月とカリナは訓練場を駆け回りながら、互角の戦いを繰り広げている。黒月は攻撃魔法使いなのだが、魔装魔法の『パワータンク』を使って筋力を強化し、攻防を繰り広げている。アリサは二人の攻防を見て、渋い顔をする。黒月には攻撃魔法使いとして、貝塚と戦って欲しかったのだ。生活魔法は射程が短い魔法が多い。攻撃魔法使いが遠くから攻撃するという戦法を取ると、生活魔法使いは非常に戦い辛《づら》いのだ。

「由香里に模擬戦用の攻撃魔法を覚えてもらった方が良かったかな」

「えぇーっ、私は『プッシュ』を覚えるのに忙しいんだよ」

「『プッシュ』を覚えたら、虹みたいに光る魔法を覚えてよ」

「分かった」

「でも、今回はどうやって戦う？」

「追い詰めるしかないかな。私たちも前に出ましょう」

アリサと由香里が、一緒に前に出て貝塚を追い込み始めた。もちろん、トリプルプッシュで迎撃する準備をしてである。そうなると、貝塚が苦しくなる。追い詰められた貝塚へ、千佳が模擬戦スイングを放った。この『スイング』は、威力はないが音が鳴る生活魔法である。威力はダブルスイングと同じだった。

貝塚の肩に模擬戦スイングが命中し、パンという大きな音が鳴る。貝塚は戦線離脱となった。残ったカリナに対して、アリサたちが進み出た。それを見たカリナは慌《あわ》てる。

「ちょっと、それは卑怯《ひきょう》でしょう」

「問答無用」

千佳が模擬戦スイング、アリサが模擬戦コーンアロー、由香里が魔力弾を放った。この一斉《いっせい》攻撃は、カリナでも避けられなかった。カリナが戦線離脱した。戦線離脱した天音と貝塚が集まった。

「さて、反省会よ。どこが悪かったと思う？」

カリナの質問に、アリサが正直に答える。

「黒月先輩は、カリナ先生じゃなく攻撃魔法使いの貝塚先生の相手をする方が良かったかな」

黒月が不満そうな顔をする。アリサたちを助けるために、カリナの相手をしようと判断したからだ。

「生活魔法の射程は短いんです。黒月先輩が貝塚先生を攻撃している間に、私たちがカリナ先生を袋叩きにして仕留め、次に貝塚先生を追い詰めた方が良かったと思います」

黒月が不機嫌な顔をする。

「実戦において、生活魔法は本当に魔装魔法使いを倒せるのか？」

魔装魔法を使って防御力を上げた魔装魔法使いを仕留められるのかという疑問を、黒月が告げた。

「もちろんです。たとえ『スティールガード』を使っていたとしても、倒せる自信があります」

アリサが自信ありげに返事した。

「『スティールガード』だって……」

『スティールガード』を習得していない黒月は、カリナの方に視線を向けた。

「黒月君、人体実験はダメよ。丸太を的にして試してみてもらいましょう」

黒月が直径五十センチ、長さ二メートルほどの丸太を運んで来て訓練場の地面に立てた。

「これでいいか？」

黒月がアリサに確認した。

「はい、ありがとうございます」

カリナがアリサたちの横に立って確認した。

「ねえ、大丈夫なの？」

「大丈夫ですけど、どの生活魔法を使うか、迷っているんです」

「それならいいけど、一番威力のある魔法でいいんじゃないの」

「その魔法は五月蝿《うるさ》いんです。近所の人たちを驚かしてしまいそうで……」

「そうなの……なら、御船《みふね》さんがよく使う『ブレード』はどうなの。多重起動でどこまで威力が上がるか、興味があるのだけど」

「分かりました。千佳、カリナ先生からのリクエストよ。セブンスブレードで丸太を斬って」

「了解」

千佳が前に出て、木刀を抜いた。その周りで、黒月・貝塚・カリナが見物している。

「とりゃああ！」

千佳が気合を放つと同時にセブンスブレードを発動した。木刀の先に七重に重なったV字プレートが生まれ、尋常ではない速さで袈裟懸《けさが》けに振り下ろされた。

セブンスブレードが丸太に食い込み切断する。真っ二つとなった丸太の上部がドタッと地面に落下。黒月が目を見開き、カリナは目を輝かせ、貝塚は脂汗を額から滲ませる。

「ちょっと待て、この魔法は、私がやられた魔法と同じじゃないのか？」

貝塚が青い顔をして言った。

「違いますよ。貝塚先生に使ったのは、模擬戦用に工夫した模擬戦スイングと呼んでいる魔法です。同じものを使ったなら、先生は真っ二つです」

「……そうだな。御船の動きが同じだったので、心配になった」

「まあ、あの魔法も威力を上げれば、先生の肩の骨が砕《くだ》けていたかもしれませんけど、そこは攻撃魔法と同じです」

また貝塚を青褪《あおざ》めさせる事を言う千佳だった。

セブンスブレードの威力を見たカリナは、生活魔法を習得しようと決めた。一方、同じものを見た黒月は、風祭《かざまつり》が言っていた言葉を思い出していた。生活魔法使いには用心しろというものだ。

「しかし、私と貝塚先生だけでは、訓練になりませんね。どうしましょう？」

カリナや貝塚が本気を出せば、アリサたちを倒せる。だが、それでは模擬戦の範囲を超えてしまう。生活魔法を使うアリサたちの防御力が分からないので、本気を出す訳にはいかなかったのだ。

「剛田《ごうだ》先生は、手伝えないのか？」

「教頭先生が選んだチームメンバーの強化で手が離せないそうです」

「仕方ない。実戦で鍛えるしかないですね。彼女たちはＦ級冒険者です。水月ダンジョンで鍛えましょう」

貝塚も同意した。

「だが、十二層のオークナイトだけは避けるぞ」

「ええ、分かっています」

　そう言ったカリナは、貝塚から離れてアリサたちのところへ行った。

「ねえ、あなたたち。グリム先生は元気なの？」

「はい、元気ですよ。水月ダンジョンの十二層でオークナイトを相手に生活魔法を磨くと言っていました」

　アリサが代表して答えた。

「ソロなんでしょ。大丈夫なの、あそこのオークナイトは時々集団で行動する連中が居るのよ」

「グリム先生なら、大丈夫ですよ」

「ふーん。ところで、一年の生徒に生活魔法を教えているそうね？」

「ええ、グリム先生から許可をもらって、教えているんです」

「だったら、私にも生活魔法を教えてくれないかな」

「でも、先生はD級の魔装魔法使いじゃないですか？」

　アリサたちは首を傾げた。生活魔法は必要ないんじゃないかと思ったのである。

「御船さんもそうでしょ。それに黒月君もそう。複数の魔法を習得するのもありよ」

「分かりました。グリム先生に、お願いしてみます。でも、どうして今になって？」

「現役で冒険者をしていた頃は、もう限界だと感じて、強くなるのを諦めたのよ。でも、生活魔法に希望を感じたの」

その日は、貝塚が由香里に攻撃魔法を、カリナが千佳に魔装魔法の使い方を教え、アリサと天音は黒月と模擬戦をやって鍛《きた》えた。その結果分かった事は、黒月が卓越《たくえつ》した実力の持ち主だという事だ。一対一の戦いでは、アリサも天音も敵《かな》わなかった。但し、これは黒月の遠距離攻撃に対応できなかったからだ。

「これも生活魔法使いが克服《こくふく》しなきゃならない弱点ね」

グリムならどうやって克服するだろうかとアリサは考えた。ただすぐに答えが出るような問題ではないようだ。

◆◆◇◇◆◆◇◇◆◆

次の共同訓練までに、アリサは『オートシールド』と『サンダーボウル』を覚え、天音と千佳は『サンダーボウル』だけ、由香里は『プッシュ』を覚えた。

そして、木曜日の共同訓練では水月ダンジョンへ潜った。黒月と協力して、四層のサテュロスとビッグシープを狩って、連携《れんけい》が取れるように訓練する。そして、週末までに、アリサと天音、千佳が『サンダーアロー』を習得した。

俺が水月ダンジョンの前で待っていると、アリサたちが到着。

「グリム先生、おはようございます」

「おはよう。どうだ、新しい生活魔法を覚えたか？」

アリサたちの報告で、習得した新しい生活魔法が分かった。

「今日は、六層へ行って、キングスネーク狩りをするぞ」

「なぜ大蛇《だいじゃ》を狙うんです？」

天音が嫌そうに声を上げた。

「キングスネークは、オークナイトの次に、魔法レベルを上げるために最適なんだ」

これは冒険者ギルドのベテラン冒険者から聞いた情報だった。もちろん、ダンジョンの奥に行くほど、魔法レベルを上げるのに適した魔物が出て来るが、十層までという条件の中だとキングスネークが最適なようだ。

「でも、私たちは四層までしか行った事がありません」

由香里が言った。

「五層は、俺が居るのだから問題ない。ソロでも攻略しているんだから」

「いやいや、グリム先生は別格ですよ」

天音が声を上げた。アリサたちがうんうんと頷く。

「心配ない。群れで襲うような魔物は居ないから、袋叩きで行ける」

アリサたちが苦笑《にがわら》いした。

「時間がないから行くぞ」

俺たちはダンジョンに潜った。四層まではアリサたちも経験があるので、問題なく進む。五層に下りたアリサたちは、目の前に広がる森林を見て不安になったようだ。

「ここって、ダークタイガーが居るんですよね」

由香里は戦った事のない魔物なので、不安になっているらしい。

「ダークタイガーは『ジャベリン』で狙えば、仕留められる」

なるべくアリサたちに戦わせて経験を積ませようとした。そのせいか少し手間取ったが、五層を攻略し六層に到達。茶色の土と石がゴロゴロ転がっている荒野を見たアリサたちは、五層の時よりさらに不安そうな顔をする。

「ここにキングスネークが居るんですよね？」

アリサが尋ねた。

「そうだ。たぶん想像しているよりも大きな蛇《へび》だ」

「そう言えば、グリム先生は蛇が苦手だと言っていませんでした？」

「ああ、蛇は苦手だ。だから、魔物の蛇は瞬殺《しゅんさつ》する事にしている」

「瞬殺できるんですか？」

「できるようになった。『オートシールド』と『ジャベリン』で仕留められる」

『オートシールド』で守りを固めながら、近付いたキングスネークが口を開けた瞬間にクイントジャベリンを撃ち込めば、仕留められると分かったのだ。だが、そんな戦い方に慣れていないアリサたちでは無理だろう。俺たちは、巨大な虫であるメガスカラベを倒しながら、キングスネークを探す。

小さな岩山を回り込んだ所で、キングスネークと遭遇《そうぐう》。そのデカイ蛇を目にしたアリサたちが青褪めた。やはり想像以上に実物は大きかったようだ。長い胴体《どうたい》をくねらせながら進み、鎌《かま》首《くび》をもたげたキングスネークの目は、俺たちを獲物《えもの》だとしか思っていない目だった。『蛇に睨まれた蛙《かえる》』という言葉が、俺の脳裏《のうり》に浮かぶ。

「グリム先生が、蛇を苦手だという気持ちが分かりました」

アリサが呟《つぶや》くように言う。

「そうだろ。あの目が嫌なんだ」

俺が蛇を苦手だと言った事を、アリサが理解してくれた事が、なぜか嬉しかった。

天音にはクイントジャベリンでキングスネークを狙わせ、アリサと千佳にはクイントプッシュで反撃するように指示する。そして、由香里には『クラッシュバレット』で狙わせる。襲い掛かるキングスネークをクイントプッシュで押し返し、天音がクイントジャベリンを放ち、由香里が『クラッシュバレット』を発動する。

通常のキングスネークは鎌首をゆらゆらと揺するので魔法が命中し難《にく》い。キングスネークに魔法を命中させる方法の一つは、近距離まで引き付けクイントプッシュで弾き返し、動きが止まった瞬間にクイントジャベリンで仕留めるというものだ。

「『プッシュ』で弾いたキングスネークが、一瞬動きを止めるから、そこを狙うんだ」

俺がアドバイスすると、アリサたちはキングスネークを見詰めながら頷いた。

何度かアリサと千佳がキングスネークを撥ね飛ばす。その動きに合わせて、天音と由香里が攻撃するが中々急所に命中しない。キングスネークの胴体《どうたい》の数ヶ所から体液が流れ落ちているのだが、頭に命中しないと仕留められないのだ。何回目かの攻撃の時、天音がクイントジャベリンでキングスネークの頭を貫いた。

「魔法レベルが上がりました」

天音が嬉しそうに報告する。それを聞いて千佳が羨ましそうな顔をする。

「よし、次のキングスネークを探すぞ」

俺たちは必死になって、二匹目を探し当てた。今度は千佳が倒し、魔法レベルを上げる。別段、魔物を倒した者の魔法レベルが上がりやすいという訳ではなく、与えたダメージの大きさに関係しているそうなのだが、今回はそうなった。本日の目標をクリアしたので、少し休憩する。その時、アリサが共同訓練で悩んでいた点を、俺に相談してきた。

「遠距離攻撃だけで攻めて来る敵か。黒月もせこいな」

「それが有効な戦術だったら、相手だって使いますよ」

有効な戦術なのは確かだ。俺ならどう戦うだろう？　確実に追い詰めて生活魔法を撃ち込むか。

「どうやって敵を追い詰めるかだな。少し考えてみよう」

問題は攻撃魔法使いを相手にした場合、強力な魔法で攻撃されて前に進めないという状況になる点である。『プッシュ』である程度は弾き返せるだろうが、攻撃魔法には本当に強力なものがあるのだ。セブンスプッシュでも弾き返せそうにない攻撃魔法が気になった。

俺は由香里に視線を向ける。

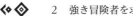

「強力な攻撃魔法というと、どんなものがあるんだ？」

「そうですね。魔法レベル9にならないと習得できない『プロミネンスノヴァ』とかは強力ですよ」

「どんな魔法なんだ？」

「渦巻《うずま》く紅炎が前方に伸びて、命中した瞬間、超高温の炎が敵を包み込んで焼き尽くす魔法です」

「その攻撃魔法をセブンスプッシュで弾き返せると思うか？」

「んー、セブンスプッシュだと広がった炎で、やられるかもしれません」

それだけ『プロミネンスノヴァ』が強力な攻撃魔法だという事だろう。模擬戦で強力な攻撃魔法を使うという事はないだろうが、同じような攻撃をする魔物が現れないとも限らない。考えてみれば、水月ダンジョンの三十層に居る中ボス、ファイアドレイクは強力なブレスを吐《は》く。それに対応する生活魔法も考えなくてはならないだろう。

一番簡単なのは命中しない事だ。『センシングゾーン』で敵の攻撃を察知して、避けられれば良いのだ。ただ着弾して爆発する攻撃に対しては、避けるだけではなく遠くに逃げなくてはならない。機動力が必要だという事になる。機動力となると、魔装魔法だ。筋力を強化してハイスピードで移動する。ダメだ、それでは魔装魔法の才能がない者にとっては、解決策とならない。

「グリム先生、これからどうしますか？」

アリサが尋ねた。

「そうだな。五層に戻って、新しい魔法の練習をしようか？」

アリサたちも賛成したので、五層に戻りダークタイガーやリザードソルジャーに対して、『サンダーボウル』『サンダーアロー』『ライトニングボム』の練習を行った。これらの魔法は魔物に対して非常に有効だというのが分かった。一撃で仕留められなくとも、魔物が動けなくなるほどのダメージを与えられるので、次の一撃で仕留められるからだ。

千佳がアリサに声を掛けた。

「ねえ、カリナ先生の件は、許可を取ったの？」

「あっ、そうだ。忘れるところだった」

アリサと千佳が俺に近付いて来て、カリナが生活魔法を習いたいと言っている事を伝え、教えても良いかと尋ねた。

「構わないぞ。魔法庁に登録している生活魔法だったら、許可がなくとも教えて構わない。但し、人物を確認してからだ。変な連中が生活魔法使いだと名乗るのは嫌だからな」

「良かった。学院には生活魔法の才能があるのに、習得せずに才能を放置している生徒が多いんですよ」

「生活魔法の教師が、ちゃんと教えてくれればいいんだが、城ケ崎《じょうがさき》先生なんだろ。期待できないな」

アリサたちが頷いた。その時、天音がポンと手を打ち合わせる。

「そうだ。カリナ先生に生活魔法を教えて、生活魔法の先生になってもらいましょうよ」

「いいじゃない」

千佳が真っ先に賛成した。自分と同じ魔装魔法と生活魔法を使う教師になるからだろう。俺も良さそうだと感じた。ただ生活魔法を教えるとなると、魔法レベル1で習得できる生活魔法は全て習得しなければならないだろう。

その事を天音たちに指摘すると、天音が首を傾げた。

「生活魔法は、ちょっと変な魔法が多いですよね。それに本当に生活に役に立つというのが、少ないように思います」

その事については、俺も疑問を持って調べていた。

「生活魔法の賢者だったドロテア・ハルセマという女性は、若くして事故で亡くなったらしい。その点を考えると、現在残っている生活魔法の多くは、賢者システムで、どんな魔法が創《つく》れるのか実験していたんじゃないかと思う」

アリサが頷いた。

「つまり、どんな魔法が創れるのか試しに様々な魔法を創って、本格的な生活魔法を創る前に、亡くなったという事ですか？」

「どうやら、そうらしい。彼女が長生きしていれば、生活魔法も高度なものになっていただろう」

溜息を漏《も》らすアリサたちに、賢者がどんな魔法を創ってくれていたら、生活が便利になったと思うか尋ねた。

「生活が便利になる魔法ですか？」

由香里が首を傾げながら質問すると、天音が少し考えてから答えを出した。

「あたしは掃除が苦手なので、掃除をしてくれる魔法です」

それを聞いた由香里も賛成する。彼女も掃除が好きという訳ではないらしい。生活魔法に『クリーン』という魔法があるが、これは手に持ったものを綺麗にするという制限があるので、部屋の掃除などには使えない。

アリサは考えた末に、

「私は朝起きた時に、髪の毛が寝癖でボサボサになるんです。それを魔法一つで直してくれるというのがいいです」

と言って髪の毛を弄《いじ》った。それに続いて、最後に千佳が言う。

「生活が便利になるような魔法というのは、特に必要を感じた事はありません。ただ『ブレード』の射程を伸ばした魔法が欲しいです」

「そうか、『ブレード』の射程と威力を伸ばした魔法は存在する。『ハイブレード』という魔法だ」

「あるんですか。お願いします。教えてください」

「『ハイブレード』は少し早いと思っている。『オートシールド』と『センシングゾーン』を完全に使いこなせるようになるのが先だな」

「分かりました。ただ見せてもらえませんか？」

俺は肩を竦《すく》めて承知した。俺は森の中で丘のような地形になっている場所まで行く。その斜《しゃ》面《めん》に向けて魔法を発動しようと思ったのだ。

「衝撃波《しょうげきは》が発生するから、気を付けてくれ」

そう注意してから、戦鉈《せんなた》を上段に構えセブンスハイブレードを発動した。衝撃波が発生した時の轟音が千佳たちの鼓膜《こまく》を攻撃し、丘の斜面が爆発したように土砂を巻き上げたのを見て、千佳たちは『ハイブレード』の威力を理解した。

「凄《すさ》まじいですね」

千佳が呟く。アリサたちも同意するように頷いた。

「こんなものだ。俺もまだ使《つか》い熟《こな》せている訳じゃないからな」

この日の修業は終了し、アリサたちと別れた。


その後、アパートに戻った俺は、強力な攻撃魔法に対する防御方法や便利な生活魔法について考えていた。

「防御専用の魔法が必要だろうか？　それとも機動力を上げる魔法が必要だろうか？」

魔装魔法では魔力を身体に纏《まと》い、魔力の力場《りきば》みたいなものを形成して防御力を上げている。魔力の力場なので身体の動きを阻害《そがい》する事はない。一方、D粒子を身体に纏《まと》っただけでは、力場みたいなものが形成できないので防御の役に立たない。『オートシールド』のようにD粒子シールドを形成し、それで攻撃を防ぐという形になる。

但し、『オートシールド』では、ファイアドレイクのブレスは防げない。九枚のD粒子シールドでは、全身をガードする事ができないからだ。それに加え、どれほどの強度を持つD粒子シールドならファイアドレイクのブレスを防げるのか、見当もつかない。

「防御用の魔法については、調査が必要だし、アイデアも浮かばんな。となると、機動力を上げる魔法はどうだ？」

何かに集中すると、独り言を口にするのが癖《くせ》になったようだ。機動力となると、魔装魔法のように筋力を上げるという方法、乗り物、何らかの推進力《すいしんりょく》を得るというものが考えられる。魔装魔法に対する才能が乏《とぼ》しい俺には、一番目は無理だろう。初歩の魔装魔法は覚えられるだろうが、『パワーアーマー』くらいが限界だ。

二番目の乗り物が一番有望だと思えるが、一つ問題があった。膨大《ぼうだい》な魔力が必要になるようなのだ。それに、どんな乗り物にするかが問題だ。魔法の乗り物というと、魔法の箒《ほうき》や魔法の絨毯《じゅうたん》が定番だが、転げ落ちそうな気がする。しかも、ダンジョンの中で魔力切れになれば、大変な事になる。

最後の何らかの推進力というのは、モーターパラグライダーをイメージした。背中にプロペラ付きのエンジンを背負って推進力とするものだ。だが、さすがにプロペラはダメな気がする。そこで『プッシュ』のような魔法で背中を押すという方法を考えてみた。

翌日、俺は海に向かった。砂浜で実験しようと考えたのだ。地方の小さな砂浜である。海水浴の季節には早いので、誰も居なかった。転倒した時に怪我《けが》をしないように、革鎧《かわよろい》に着替えて実験しようと思う。

ダブルプッシュを自分の背中に当てるという実験は、完全に失敗だった。押すというよりは、叩かれるという感じだったからだ。思いっきり背中を叩かれて、顔面から砂浜に倒れた。砂浜に埋《うず》もれた顔を上げた俺は、口の中に入った砂を吐き出す。

「ペッ、『プッシュ』はダメだ」

俺は賢者システムを立ち上げ、D粒子を集めて身体を包んで空中を移動させるという魔法を創り上げた。最初の設定では、平均時速三十キロほどである。

俺は真上にジャンプした瞬間、新しい魔法を発動。何かが身体を包み込み加速する。十メートルほど飛んだ所で、魔法が切れて空中に放り投げられた。惰性《だせい》で少し飛んだが、すぐに着地して二、三歩走って倒れる。

巨人の手に握《にぎ》られて、空中に放り投げられたような感じだった。慣れれば着地も上手《うま》くなりそうだ。後はどこまで速度を上げられるかである。

この魔法は多重起動ができなかった。可能にするためにはD粒子を数百の一円玉のようなものに変え、それで身体を包むようにするしかない。多重起動で効果を高めるためには、D粒子の形成物を重ねる必要があるのだ。俺は数百のD粒子リーフと名付けたものを形成し身体を包み込んで移動させるという魔法に改良した。試しに、二重起動で新しい魔法を発動する。想像していたより速度は速くならない。最初の二割ほど速くなったぐらいだろう。原因は大量のD粒子を使うせいだ。多重起動してもD粒子が集まらないのである。

解決方法はある。起動時間を長くする事で、大量のD粒子を集めるのだ。だが、一瞬でも早く遠くへ移動したい時に、使うような魔法ではなくなる。そこで魔法を改良した。宙《ちゅう》を移動している時もD粒子を集める事にしたのである。その結果、七重起動にするともの凄い速さで移動できるようになった。

ここまで加速すると、魔法が切れて宙に放り出された後、数メートルも飛ぶようになる。当然、着地が難しくなった。俺は新しい魔法を『カタパルト』と名付け、少しずつ改良する事にした。一日中、砂浜で『カタパルト』の魔法を改良していた俺は、夕方になってアパートに戻った。

「はあっ、結局完成しなかったな」

身体中《からだじゅう》が砂塗《すなまみ》れになったので、シャワーを浴びてスッキリする。『カタパルト』は加速の調整、移動中の制御、魔法解除直前の制御などに難しい問題がある。少し時間が必要なようだ。

次の日、水月ダンジョンへ向かった。俺としては『カタパルト』の魔法を完成させたかったが、実戦での経験が不足しているという自覚があるので、一日置きにダンジョンに潜《もぐ》るという習慣は崩したくなかったのだ。

不動産屋の前を通った時に、一つの物件が目に入った。水月ダンジョンの近くにある冒険者が建てた一戸建《いっこだ》てである。この一戸建てには、防音処理がされている道場が付いていたのだ。住居自体は普通なのだが、この道場が気に入った。ダンジョンで探索していると、体術の訓練が不足していると感じる事がある。思うように身体が動かないのだ。しかし、武術の経験が全然ない俺には、どうやって練習すれば良いのかも分からない。

ちなみに、魔物を相手に素手で戦うための武術は存在しない。だが、何かの体術を始める必要があると思っている。問題は何を始めたら良いのかという事だ。とは言え、何を始めるにしても、練習する場所が必要となる。それで道場付きの家が気になった。価格を見ると、約八千万円になっている。冒険者をやっていれば、稼《かせ》げない金額じゃない。

「それだけの金額を稼げそうな場所となると、オーク城だな」

危険な場所だった。だが、オークナイトの動きを熟知し、倒す戦術を確立すればオーク城の宝物庫《ほうもつこ》に辿《たど》り着《つ》けるかもしれない。

俺は水月ダンジョンに到着し、着替えてダンジョンに入る。十二層までは最短ルートで駆け抜け、森と丘の上に聳《そび》える城が見える場所まで来た。用心しながら森の中に入った。

この森にはオークナイトしか居ない。そのオークナイトは金属鎧を装備しているせいで、不意打ちされる事はほとんどない。オークナイトが動くと鎧が音をたてるからだ。

本日、初めてのオークナイトと遭遇。試しに『サンダーボウル』を使ってみた。トリプルサンダーボウルがオークナイトに命中した瞬間、バチッと音がして火花が散る。意外にもオークナイトが倒れた。それで仕留められた訳ではないが、一時的に行動不能になったらしい。オークナイトが再び動き出すまでの秒数を数える。

四秒で動き始めた。仕留めるには十分な時間だ。俺はもう一度トリプルサンダーボウルを命中させ、倒れたところにクイントブレードをオークナイトの首に叩き込んだ。

オークナイトは強敵のはずだったのだが、簡単に仕留める事ができた。オークナイトは、雷撃系の攻撃が弱点なのかもしれない。それから遭遇するオークナイトにトリプルサンダーボウルを試してみたが、どのオークナイトも一時的に動けなくなり、クイントブレードで仕留められた。そして、クイントサンダーボウルだと、しばらく気絶する事が判明する。多数のオークナイトに囲まれた場合はクイントサンダーボウルをばら撒けば良いようだ。そのためにはクイントサンダーボウルを早撃ちできるようになる必要がある。

そんな事を考えていたら、本当に多数のオークナイトと遭遇してしまった。『センシングゾーン』と『オートシールド』を急いで発動する。オークナイトは五匹、以前なら撤退《てったい》する数だ。だが、『サンダーボウル』が有効だと分かった今は、対処できる数だった。

最初の一匹が襲い掛かってきた。そのオークナイトにクイントサンダーボウルを叩き込む。そいつが気絶すると同時に別の一匹がロングソードの斬撃《ざんげき》を打ち込んできた。慣れていないクイントサンダーボウルの早撃ちは無理だ。クイントプッシュで突き飛ばす。両脇《わき》から二匹のオークナイトが斬り掛かってくる。それをD粒子シールドが受け止める。俺は右側のオークナイトにクイントサンダーボウルを打ち込み、左側にクイントプッシュを放つ。最後の一匹は背後に回り込んでいた。

このオークナイトはロングソードを脇に構えると俺に向かって突き出すようにして襲ってきた。その事をD粒子の動きで気付いた俺は、前を向いたまま背後にクイントプッシュを放つ。最初にクイントプッシュで弾き飛ばしたオークナイトが起き上がって斬り掛かってきた。俺はクイントサンダーボウルを放って気絶させる。

次々に襲い掛かってくるオークナイトにクイントサンダーボウルを放ち気絶させた。立っているオークナイトが居なくなった後、俺はクイントブレードでトドメを刺す。

魔石を拾い上げてから、噴き出た汗をタオルで拭った。

「早撃ちができないと、厄介《やっかい》だな。練習しよう」

俺は森を探索し、遭遇したオークナイトを早撃ちの標的《ひょうてき》にした。

その週はクイントサンダーボウルの早撃ちを習得する事に費《つい》やす。御蔭《おかげ》でクイントサンダーボウルの早撃ちをマスターした。マスターした日、水月ダンジョンから地上に戻ると、夜になっていた。着替えて冒険者ギルドへ行き、受付で魔石を換金すると結構な金額となる。オークナイトは緑魔石〈中〉を残すのだが、その買取価格は比較的高いのだ。

「グリム先生、ダンジョンからの帰りですか？」

誰かと思えば、週刊誌の記者クルミだった。取材が終わったところらしい。取材相手は攻撃魔法使いの石橋連《いしばしれん》というC級冒険者だという。

「へえー、Ｃ級冒険者か、凄いな。どこを攻略しているんです？」

「水月ダンジョンの三十二層を攻略中らしいの。中ボスのファイアドレイクを倒したんだから、凄く強いのよ」

「そいつは凄い。どうやったら、ファイアドレイクを倒せるんだろ」

「彼の魔法レベルは、『16』だそうよ」

凄いとしか言いようがない。俺の生活魔法の魔法レベルは『11』だが、あれだけオークナイトを倒したのに、全然上がらない。上になればなるほど、本当に魔法レベルは上がり難くなるのだ。

「彼はね。今度、バタリオンの運営を始める事にしたの」

クルミが言った。バタリオンとは、本来『大隊』を意味する言葉である。だが、冒険者がバタリオンと言った場合は、協力関係を結んだ冒険者の集団を意味する。この場合、攻撃魔法使いのバタリオンとか、魔装魔法使いのバタリオンという具合に、同じ系統の魔法を使う冒険者が集まるらしい。

「いいな。生活魔法使いのバタリオンとかができれば入るんだけど」

俺が愚痴《ぐち》を零《こぼ》すと、クルミが笑う。

「グリム先生が、生活魔法使いのバタリオンを設立したらいいのよ」

「バタリオンの運営には、年間一億くらい掛かると聞きましたよ。無理に決まってるじゃないですか」

俺とクルミが話していると、噂《うわさ》のC級冒険者が来た。

「今日は、ありがとうございました」

クルミが感謝の言葉を口にする。

「構わないよ。うちのバタリオンの宣伝にもなるからね」

バタリオンの運営には金が掛かるが、スポンサーが付けば大きな利益になる。石橋は逞《たくま》しい体格をした精悍《せいかん》な感じの男だった。石橋は俺に視線を向けた。

「彼は？」

「生活魔法使いのグリムさんです。期待の新人という存在です」

「ん、生活魔法使いだと言わなかったか？　それで期待の新人？」

「彼は去年の十一月にF級冒険者になって、今年の四月にE級冒険者になったんですよ」

石橋が値踏《ねぶ》みするように俺を見た。

「早くとも一年掛かるというE級への昇級を、半年ほどでね。なるほど、逸材《いつざい》かもしれないが、生活魔法じゃね」

石橋も生活魔法への評価は低いようだ。一般的な評価がそうなのだから仕方ないのだが、悔しい。彼が去ると、クルミが謝った。

「ごめんなさい。彼も悪気はないと思うんだけど」

「そのうちに、生活魔法使いは凄いんだという事を分からせてやりますよ。ところで、格闘技や武術について詳しいですか？」

「ええ、色々と取材したから、少しは詳しいかな」

「何か体術を学ぼうと思うんですが、お勧《すす》めはありますか？」

「そうね。有名なところだと、夢断流《むだんりゅう》格闘術と星威念流《せいいねんりゅう》剣術かしら」

その手の知識に乏《とぼ》しい俺でも聞いた事がある名門だった。ロジウム鉱床を発見したA級冒険者の高瀬《たかせ》も夢断流格闘術を習っていると聞いた事がある。

もう一つの星威念流剣術は、蹴《け》りや体当たり、肘《ひじ》打ちもありという荒っぽい剣術だった。どんな手を使っても勝つという考えは、合理的な考えを持つ冒険者に人気のようだ。

「二つとも名門ですね。道場はどこにあるんです？」

場所を聞いて、ちょっと躊躇《ちゅうちょ》する。場所が遠かったのだ。

「もっと近くに道場がある流派はないですか？」

「近く……そうね。ナンクル流空手というのがあるけど、お勧めしないかな」

「どうしてです？　弱いんですか？」

「いえ、鬼のように強いけど、師範《しはん》が教え方が下手なの」

俺は苦笑いした。教え方が下手というのは致命的ではないだろうか？　本人が強いのなら、冒険者に転職した方が良い。そう言うとクルミも笑って同意した。

でも、クルミから話を聞くと、ナンクル流空手は優《すぐ》れた武術らしい。沖縄の伝統空手を学んだ創始者が、ボクシングの技術を取り入れて創った武術流派らしい。

面白そうな武術だけど、その師範はどんな教え方をするんだろうか？　一度会ってみよう。クルミに住所を聞いて、明日にでも会う事にした。

「そう言えば、今はどこを攻略しているの？」

クルミの質問に、俺は水月ダンジョンの十二層でオークナイト狩りをしていると答えた。

「オークナイト狩りなの。ソロだと危険だと聞いたけど」

「オークナイトを倒すコツが分かったので、五、六匹なら一人で大丈夫ですよ」

クルミが驚いた顔をする。

「それって、ベテランのD級冒険者に匹敵するんじゃない？」

俺は首を捻《ひね》った。どうだろう？　経験の蓄積《ちくせき》が少なすぎるんじゃないかな。

「俺なんかは、まだまだですよ」

「そうかなー。もしかして、オーク城の宝物庫を狙っている？」

「見付けられたら、凄いと思いますが、成功した人は少ないと聞いていますから」

本当は見付けてやると思っていたが、それを正直に言うと大風呂敷を広げていると思われるだろう。クルミが微笑《ほほえ》んだ。

「本当は、絶対に見付けてやる、とか思っているんじゃないの？」

さすが週刊誌の記者だ。鋭《するど》いな。俺は肩を竦めた。

「幸運の女神が微笑んでくれるのを期待します、とだけ言っておきましょう」

俺は武術に関する情報をもらった事を感謝し、クルミと別れた。


翌日、俺はクルミに教えてもらったナンクル流空手の道場へ向かった。寂《さび》れた道場が目に入る。やはり流行《はや》っていないようだ。

「誰だ？」

後ろから声を掛けられた。振り返ると、そこに男が居た。鍛えられた肉体を持つ四十代らしい男である。

「おはようございます。ここはナンクル流空手の道場ですよね？」

「その通り、ここはナンクル流空手の道場だ。まさか、入門するのか？」

どうやら道場の師範らしい。

「その前に話を聞きに来たんです」

「まあいい、中に入りなさい」

道場に入ると綺麗に掃除されているのが分かった。だが、道場自体はボロい。適当な所に座れというので、道場の真ん中に座る。

師範らしい男は、奥からお茶を持ってきて、俺の前に置いた。

「さて、儂は三橋斗吾《みつはしとうご》という。この道場の師範だ」

「冒険者をしている、榊 緑夢《さかきぐりむ》です。冒険者として役立つ武術か体術を習おうと思って、教えてくれる道場を探しています」

三橋が腑《ふ》に落《お》ちないという顔をする。

「ここは有名ではないのだが？」

「週刊誌の記者に聞きました。ここの師範が鬼のように強いと」

三橋が苦笑いした。

「それは間違いだよ。私も冒険者になったが、Ｆ級になるのが精一杯だった」

「ああ、魔法の才能に恵まれていなかったんですね？」

「そうだ。私の才能は、生命魔法と生活魔法だけだったのだ」

この人もそうなのか、と溜息を漏らした。

「俺も生活魔法の才能しかないですよ」

「そんなはずはない。生活魔法だけでは、冒険者を続けられないはずだ」

「嘘《うそ》は言っていません。最近、いくつかの生活魔法が、魔法庁に登録されたのを知っていますか？」

「いや、日常生活に便利な魔法というのには、関心がなかったからな」

「その生活魔法は、ダンジョンで使える魔法なのです」

「しかし、生活魔法なんだろ」

「生活魔法も使い方に工夫が必要なんです。ところで、『プッシュ』を習得していますか？」

「もちろんだ」

俺は三橋師範を連れて外に出た。庭に大きな杉の木がある。その杉に向かって立つ。

「その杉に向かって『プッシュ』を放ってください」

三橋師範は納得していない顔で、『プッシュ』を放った。当然、D粒子プレートが幹に当たって砕《くだ》け散《ち》る。

「生活魔法は、多重起動ができる事はご存知だと思います。そこでD粒子プレートを重ねるようにして……えーっと、魔法レベルがいくつか教えてもらってもいいですか？」

「魔法レベル４だ」

「それじゃあ、D粒子プレートを重ねるように三重起動して、杉に放ってください」

三橋師範がトリプルプッシュを杉の木に放った。命中した瞬間、ドカッと音がして、杉の木が大きく揺れる。自分で放った魔法なのに、三橋師範は信じられないという顔で杉の木を見ていた。

「全然、威力が違うのが分かりますか？」

「そ、そうだな。……この事を早く知っていたら、アルバイトなどせずに……」

師範は道場だけでは生活できないので、アルバイトをしているらしい。俺たちは道場に戻った。

「ところで、ここで教えているナンクル流空手について、教えてください」

ナンクル流空手は、型を重視する沖縄の伝統空手に、ボクシングの技術を取り込んだというのは本当らしい。ボクシングのように軽やかにステップを踏みながら、強烈《きょうれつ》な打撃と蹴りで相手を倒す武術だと言う。試してみた方が早いというので、防具を付けた状態で組み手をした。

三橋師範は軽快なステップを踏みながら俺の周囲を回り、軽くという感じでパンチと蹴りを繰り出す。見た目と違い、その全部が強烈だった。

師範は本当に軽く攻撃しているようなのだが、俺が受ける打撃は洒落《しゃれ》にならないほどの威力がある。防具の上に命中しているのだが、一発一発が重く身体が吹き飛ぶ。

師範のパンチは手加減しているというのが、俺にも分かるほどゆっくりなのだ。なのに回避《かいひ》できないタイミングで放つので避けられない。それに加え、威力は俺が全力で殴ったパンチより強い。体重がそれほど違うとは思えないので、理解できない。後で聞いたが、パンチや蹴りには、吹き飛ばす打ち方と力を内部で爆発させる打ち方があるらしい。今回は吹き飛ばす打ち方を使ったと言う。ちなみに、俺は一発も当てられなかった。

「ストップ、師範、十分です」

俺は、これ以上やったら怪我をすると思ったので、中止してもらう。クルミが言ったように、鬼のように強いというのは本当らしい。問題は教えるのが下手だという点だ。

「師範、俺にナンクル流空手の中段突きだけ教えてもらえませんか？」

「中段突きだけ……まあ、いいだろう」

クルミが教え方が下手だと言った訳が分かった。

「違う違う。そこはスーッと出して、ドカンといくんだ」

偶《たま》に天才型の才能を持つ者の中に、こういう者が居る。感覚的には分かっているが、言葉で説明できない者だ。こういう天才は指導者には向かない。

「ちょっと待ってください。まず足の動きだけ教えてもらえますか？」

身体の各部分の動きを分解して質問し、やっとナンクル流空手の中段突きがどういうものか理解した。この流派のパンチは独特で、足捌《あしさば》きとパンチを出すタイミングにコツがあるらしい。そのコツが理解できれば、全体重の七割を乗せたパンチが放てるそうだ。中段突きを理解するだけで半日が必要だった。言っておくが、理解しただけで習得した訳ではない。

「どうだ、入門するか？」

教え方に問題があるのは分かった。だが、こちらから質問し細かく聞けば、何とかなるようだ。

「はい、お願いします。時間は火曜と木曜の午前中にしたいのですが、大丈夫ですか？」

「……ちょっと、キツイな。アルバイトが入っているんだ」

「アルバイトはやめたらいい」

「おい、どうやって生活しろと言うんだ？」

「冒険者カードは、持っているんですよね。それなら、一緒にダンジョンに潜りましょう。生活できるようになるまで、生活魔法を教えますから。その代わり月謝《げっしゃ》はなしです」

「本当か？」

「本当です。今、オークナイト狩りをしているのですが、月に五、六匹倒せるようになれば、他の魔物の魔石と合わせて、生活できるはずです」

『サンダーボウル』が使えるようになれば、ソロでオークナイトを倒す事ができる。そうなれば、生活には困らないはずだ。

俺は背負ってきたリュックから取り出すふりをして、マジックポーチから『コーンアロー』の魔法陣を描いた紙を取り出した。それを三橋師範に渡す。

「これは『コーンアロー』という生活魔法です。月謝の代わりにどうぞ」

「どういう魔法なんだ？」

俺は説明した後、実際に使ってみせた。三橋師範が承諾《しょうだく》したので、来週からナンクル流空手を習う事になった。

道場を出てから、『カタパルト』の魔法を開発した砂浜に行く。相変わらず無人だ。賢者システムを立ち上げ、『カタパルト』の改良を開始する。少しずつ改良しながら、『カタパルト』の魔法を完成に近付ける。但し、一番難しいのは着地だった。戦闘中に転がるような着地は命に関わる。七重起動のセブンスカタパルトを発動。俺の身体が巨人の手に摑《つか》まれて、空中を高速移動する。キツイ、加速度が身体を締め付け、呼吸をできなくする。宙に放り投げられた時、バランスが崩れた。身体が回転しながら宙を飛び、尻から砂浜に落ちる。

「痛ってえー！」

これはダメだ。……そうだ、着地側で受け止めるような魔法があればいいんだ。俺はD粒子で大きなエアバッグのようなものを空中に形成し、受け止める魔法を構築した。中身は空気なのでD粒子の量は少なくても大丈夫なようだ。

その魔法に『エアバッグ』と名付けた。砂浜の十センチ上に三メートル四方のD粒子エアバッグが形成されるように魔法を発動してから、そこに飛び乗った。バスンという音がしてエアバッグが俺の身体を受け止める。その後D粒子エアバッグは消え、身体が砂浜に落ちた。大した高さではなかったので、衝撃はほとんどない。

「成功だ」

俺は『カタパルト』と『エアバッグ』の連携を試す事にした。クイントカタパルトを発動する。身体がD粒子リーフに包まれ加速。十メートルほど凄いスピード移動した俺は、魔法から解放され宙を飛ぶ。即座に『エアバッグ』を発動。俺はD粒子エアバッグに衝突し減速。ストンと着地した。

「連携も成功した」

『エアバッグ』は地面に水平に形成する事も、垂直に形成する事も可能なのだ。これがあれば高い所から落ちた時でも、安全に地面に着地できる。まあ、高度には限度があるだろうが、屋根から落ちた程度なら怪我はしないようになる。

その後、『エアバッグ』を少し改良した。魔法の発動者の移動方向に対して、それを受け止めるような位置に自動的に形成されるようにしたのだ。発動する時に位置を指定するのでは間に合わない時もある。ちなみに、『エアバッグ』は『カタパルト』が完成するまでの一時的なものとして開発したが、使えそうなので賢者システムに正式に登録した。この登録という作業だが、登録すると賢者システムを立ち上げた状態でなくても、その魔法を使えるようになる。

『エアバッグ』が完成したので、全力で『カタパルト』の改良ができるようになった。その日の夕方まで改良を頑張り、ようやく完成し登録。但し、仮の完成である。しばらく使って問題がないようなら、アリサたちに教えてもいいだろう。

次の日、アリサたちと一緒に修業するために水月ダンジョンへ向かった。そこでアリサたちとカリナが待っていた。

「あれっ、どうして、カリナ先生が？」

アリサが申し訳ないという顔で頭を下げた。

「カリナ先生に、グリム先生と修業すると言ったら、連れて行って欲しいと頼まれたんです」

カリナが俺の前に進み出て、頭を下げた。

「グリム先生、よろしくお願いします」

押しが強い。俺は苦笑いして承諾《しょうだく》した。

「今日は、どんな修業をするの？」

「その前に、アリサたちに確認したいんだが、『センシングゾーン』と『オートシールド』を習得できたか？」

アリサと天音、千佳は習得したらしい。カリナが首を傾げた。

「その『センシングゾーン』と『オートシールド』というのは、何なの？」

アリサたちは『センシングゾーン』と『オートシールド』をカリナにも黙っていたようだ。

カリナも生活魔法を本格的に習うと言っているので、教えてもいいだろう。

「『センシングゾーン』は、D粒子の動きを感知する魔法なんです。『オートシールド』は防御用の魔法です」

「へえー、そんなものまであるんだ」

俺はアリサたちに視線を向け、

「今日は、多数の魔物を相手にする修業をしようと思う。相手は十層のブラックハイエナだ」

それを聞いたカリナが顔をしかめた。ブラックハイエナはベテラン冒険者の彼女でも嫌な相手なのだ。

「ブラックハイエナは、大きな群れになると二十匹を超えるのよ。大丈夫なの？」

知らなかった。いつも七匹くらいの群れだと思っていた。でも、問題ないだろう。

「大丈夫です。行きましょう」

俺たちは最短ルートで十層まで進んだ。アリサたちは七層・八層・九層は初めてだったが、何の問題もなく攻略した。

その途中で聞いたのだが、カリナは『プッシュ』『コーンアロー』『スイング』『ブレード』『ジャベリン』を習得していた。生活魔法は魔法レベル5だと言う。

「早いですね。後は『オートシールド』を覚えれば、一人前の生活魔法使いです」

「ちょっと待って、私には『センシングゾーン』を教えてくれないの？」

「必要ですか？　カリナ先生は魔装魔法の『センスアシスト』があるから、必要ないと思いますけど」

『センスアシスト』は、人間の聴覚・視覚・嗅覚・触覚などをアシストする魔法である。これを使う事で、索敵能力《さくてきのうりょく》が飛躍的《ひやくてき》に向上すると聞いている。

カリナが必死に頼むので、魔法レベル8になったら、改めて検討するという事にした。これを機会にカリナが生活魔法の教師になってくれれば、アリサたちの後輩が救われるのだけど。

「グリム先生、ブラックハイエナです」

天音が声を上げた。その声で数を確かめる。二十匹くらいである。アリサと天音、千佳には『センシングゾーン』と『オートシールド』を発動するように指示、由香里には数を減らすために『クラッシュバレット』で攻撃させた。『クラッシュバレット』の破砕魔力弾《はさいまりょくだん》が群れの中心で爆発し、数匹を吹き飛ばす。その中にアリサたちが飛び込んだ。アリサたちの戦い方は、まだまだぎこちない。それでもD粒子シールドに助けられながら、ブラックハイエナを駆逐《くちく》した。

「はあはあ、一匹一匹は弱いのに、数が集まると強敵になるのね」

アリサは息を切らしている。それでも何回かブラックハイエナの群れと戦う事で、多数の敵に囲まれた時の戦い方が身に付いてくる。その様子をジッと見ていたカリナが、D粒子シールドがブラックハイエナの攻撃を弾くのを確認して嬉しそうにしていた。

「嬉しそうですね。どうしてです?」

俺は不思議に思ったので、尋ねてみた。

「この魔法を覚えたら、私の戦い方に、どう応用できるのかと考えると嬉しくなったのよ」

カリナの心の中は、まだ現役なんだと分かった。引退して教師になっても、強くなろうとしている。ブラックハイエナを殲滅《せんめつ》させたアリサたちが、俺の周りに集まってきた。

「どうだ、戦い方が分かってきた?」

「少しずつですが、戦えるようになりました」

「よし、最後にオークナイトを狩りに行こう」

それを聞いたカリナが慌てた。三年の生徒たちがオークナイト狩りをしていて大怪我《おおけが》を負ったからだ。

「グリム先生、オークナイトは早すぎませんか。彼女たちはF級冒険者になったばかりですよ」

「大丈夫です。オークナイトには弱点がありますから」

「そ、そうなんですか？」

オークナイトの弱点と聞いて、カリナも確かめたくなったようだ。アリサたちに休んでもらい、俺とカリナだけが戦って十一層の廃墟《はいきょ》エリアを突破する。

「わーっ、お城がある」

由香里が大きな声を上げた。天音たちも城に見惚《みと》れている。

「グリム先生は、ここでオークナイト狩りをしてるんですよね？」

千佳が尋ねてきた。

「最近は、そうだ。この城の宝物庫を探そうと思っているんだ」

千佳たちはなるほどという顔をするが、カリナは心配そうな顔をする。

「この城の中には、オークナイトが数十は居ると聞いています。無謀《むぼう》じゃないですか？」

「オークナイトは問題ないと思っています。ただオークナイト以上の化け物が居るらしいという噂を聞いて、それがちょっと」

カリナが苦笑いする。

「その噂なら聞いた事がある。巨大な狼《おおかみ》だという話よ。その前に、本当にオークナイトに弱点があるのか知りたいのよね」

「たぶん攻撃魔法使いは知っていると思うんですが、オークナイトは雷撃系の魔法に弱いようです」

俺は最初に遭遇したオークナイトを相手に、トリプルサンダーボウルとクイントブレードのコンビネーション攻撃を披露《ひろう》した。トリプルサンダーボウルが命中してバタリと倒れるオークナイトに、クイントブレードを叩き込んで仕留める。瞬殺である。アリサたちは目を丸くして驚き、カリナは口を開けたまま呆然《ぼうぜん》としている。

「今のは何？」

カリナが俺に詰め寄り質問する。何というのは具体的に何を意味しているのだろう？　天音が俺とカリナの間に割って入った。

「カリナ先生、落ち着いてください。グリム先生が困っているじゃないですか。何が分からないんです？」

生徒に注意されて、カリナが深呼吸する。

「少し興奮したようです。申し訳ありません」

「構いませんよ。まず、今使った魔法について説明しましょう」

カリナがうんうんと頷く。

「最初に使ったのは、『サンダーボウル』の三重起動です」

俺は『サンダーボウル』について説明し、その威力がどれほどなのかを伝えた。

「なるほど、攻撃魔法の『ライトニングボム』と似た魔法なのね」

「そうです。但し、生活魔法の場合は、いくつ多重起動させるかで威力が変わります」

カリナが唾《つば》を飲み込んでから尋ねた。

「『サンダーボウル』を習得できる魔法レベルは？」

「それほど高くありません。魔法レベル４です」

カリナがニコッと笑う。その笑顔を見て、何が言いたいのか分かった。

「本当は、魔法の一つ一つを確実に自分のものにしてから、次の魔法を覚えるというようにした方がいいんですが」

「分かっています。そこを何とかお願い」

俺は『サンダーボウル』の魔法陣を渡す事を承諾した。その代わり、水月ダンジョンについての情報を教えてもらう事にする。カリナは十年ほど現役の冒険者をしていた。そのほとんどを水月ダンジョンを中心に活動している。その水月ダンジョンに関する知識はかなり貴重《きちょう》なの

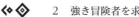

だ。

「ねえ、グリム先生。まだ、誰にも話していない生活魔法というのはあるの?」

カリナの質問を聞いた天音たちも、興味を持って耳をそばだてる。

「生徒たちに相談された遠距離攻撃に対する生活魔法使いの戦い方について、調べたんです。そうしたら、二つの生活魔法が使えると分かりました」

俺は賢者になったという事実を秘密にしている。賢者という存在は、世界的に貴重な存在である。賢者だと名乗り出たら、まず大嘘《おおうそ》つきめと罵《ののし》られるだろう。そして、本当に賢者システムを所有していると分かったら、利用しようと考える連中が俺の周りに増えるはずだ。それは賢者として知られている人物の自伝を読めば分かる。

なので、賢者システムを使って創り出したとは言えない。その結果、生活魔法の魔導書を所有しているかのような言い方になっている。

「本当ですか。これで黒月先輩と戦える」

「残念ながら、その魔法は、魔法レベル9でないと習得できない」

アリサたちがガッカリする。カリナが見せてくれるように頼んだ。

「まだ使い熟せている訳じゃないので、今度にしよう」

そう言って、『カタパルト』と『エアバッグ』が、どういう魔法かだけ伝えた。それを聞いた天音が目を輝かせる。

「つまり、空を飛べるんですね」

どう聞いたら、その結論になるのか不思議だ。

「いや、空は飛べんぞ。短距離の高速移動が可能になっただけだ。確かに宙に放り出されるが、それを飛んだとは言えないだろう」

「でも、屋根の上に飛び上がるとかはできるんですよね？」

「できるが、するなよ。家の持ち主から怒られるぞ」

ちょっと心配になった。だが、まだ教えてもいない魔法の件で、心配するのも馬鹿らしいと思い直す。

「この話はここまでだ。これからオークナイト狩りだ。油断はするなよ」

「は〜い」

と声を揃《そろ》えて返事するアリサたち。由香里も『ライトニングボム』を使えば、オークナイト狩りを行える。カリナは心配していたが、千佳がトリプルサンダーボウルを放ち、倒れたオークナイトにトドメのクイントブレードを叩き込んで仕留めると安心したようだ。アリサたちは次々にオークナイトを仕留めていった。

「ところで、生活魔法の才能がある生徒を何とかできませんか？」

俺が質問すると、カリナが真剣な顔で考える。

「私もそうしたいのだけど、それには生活魔法の担当になる必要があるのよ」

「城ヶ崎先生は、攻撃魔法と生活魔法を教えているんですよね？」

「そうよ。でも、学年の途中で変わるのは無理だから」

「ここでカリナ先生が言い出せば、城ヶ崎先生を探して連れてきた教頭の顔を潰《つぶ》す事になるという事ですか？」

「教頭の顔なんて、潰してもいいけど、時間割で生活魔法と魔装魔法の授業が重なっているから、無理よ」

俺は肩を落とした。

「ちょっと待って、何か方法がないか考えてみるから」

カリナに任せる事にした。その日の修業は、アリサたちがオークナイトを瞬殺できる事が分かり終了した。

◆◆◇◇◆◆◇◇◆◆

翌週、ブラックハイエナとオークナイトを相手に修業した成果が、共同訓練にも表れた。水月ダンジョンの四、五層で遭遇する魔物では、アリサたちの相手として力不足となった。ほとんどの魔物を瞬殺してしまったのだ。貝塚とカリナは相談して、八層のレッドコングやリザードソルジャーを相手させる事にした。

「カリナ先生、あの子たちは凄い勢いで強くなっているようですが、何か特別な指導でもされているのですか？」

貝塚は、アリサたちが急速に実力を伸ばしているので、不思議に思ったらしい。

「ああ、グリム先生が指導している生徒たちなんですよ」

「ほう、そうすると、貴重な人材を教頭は追い出した事になりますね」

カリナは頷いた。

「その通りです。彼を学院に留めておけば、優秀な生徒が大勢育ったかもしれないんです。そうだ、貝塚先生が担当されている生徒の中で、生活魔法の才能を持つ生徒は居ませんか？」

貝塚は三年の担当である。

「そうですな。潮見《しおみ》と佐々木《ささき》が、生活魔法の才能が『C』だったはずです。二人とも冒険者になるのは諦めて、普通の大学に入ると決めたようです」

カリナはもったいないと思った。ただ冒険者は危険な職業だ。普通の職業を選ぶのも悪い選択ではない。ただ魔法学院を選んだのは、冒険者になろうと思ったからだろう。カリナは、生活魔法の才能があるのに開花させる事もなく卒業する生徒たちを思うと、悔しいという感情が湧《わ》き起《お》こった。グリムさえ学院に残っていたら……。

共同訓練の翌日、カリナは校長室に向かった。ノックすると校長の声が聞こえ、中に入る。

「何か問題でも起きたのかね？」

「いえ、ご相談があって来ました」

鬼龍院校長は、書類仕事で疲れた目を押さえてからカリナの話に耳を傾けた。

「なるほど、生活魔法の才能がある生徒たちに、グリムが考え出した戦い方や新しい生活魔法を教えようと言うのだな」

「そうです。この学院に入学した事を後悔しながら卒業する生徒たちを見たくないのです」

校長が頷いた。

「カリナ先生の思いは分かった。それで儂にどうしろと言うのだね？」

「特別授業か、クラブ活動という方法で、生徒たちに生活魔法を教えたいのです」

「特別授業は難しいかもしれんな。クラブ活動は、人数さえ揃《そろ》えば可能だろう」

「分かりました。では、クラブ活動という事で人数を集めます」

「そうしてくれ。しかし、魔装魔法使いのカリナ先生が、それほど生活魔法に力を入れるというのは、何か理由があるのかね？」

「魔装魔法使いは、現役の期間が短いのです。魔装魔法により身体を強化すると言っても、四十代になれば、ほとんどの魔装魔法使いは引退してしまいます。私は生活魔法に希望を見付けたんです」

この時から、カリナは生活魔法部を作る活動を始めた。

◆◆◇◇◆◆◇◇◆◆

その頃、俺はナンクル流空手の道場に居た。基礎である構えからの正拳突《せいけんづ》きを繰り返している。俺が『中段突き』と呼んでいたのは、『中段への正拳突き』というのが流派内では正しいそうだ。

三橋師範の指導を受けながら何度も何度も正拳突きを繰り返す。それだけで全身から汗が噴き出した。師範の指導は何が言いたいのか解明する手間が掛かるが、指摘自体は的確だった。練習を終えた後、午後からは三橋師範に俺が生活魔法を教える番となる。

俺たちは水月ダンジョンへ向かった。一層のゴブリンや角豚《つのぶた》を相手に、三橋師範の生活魔法を試すためである。水月ダンジョンに入り、一層の疎《まば》らに木が生えている場所へ行く。

「師範、習得した『コーンアロー』を試してみましょう」

三橋師範の装備は少し変わっていた。腕に着けている籠手《こて》は拳の部分が鋼鉄製となっており、ゴブリンくらいだと殴《なぐ》るだけで倒してしまいそうだ。足にも野球のレガースのようなものを付けている。

「師範、その装備は魔物を打撃や蹴りで倒すためのものですか?」

「そうだ。これでオークくらいは殴り倒せるぞ」

魔物は人間に比べるとタフである。その魔物を殴り倒すというのは、相当な威力があるという事だ。今まで素手で魔物を倒す武術などないと思っていたが、間違っていたようだ。

まず立ち木に向かって『コーンアロー』を放ってもらう。大丈夫なようなので、トリプルアローを試す。これも問題なく木の幹に突き刺さる。

「これはいいな。威力は多重起動を増やすごとに増すのか？」

「そうです。但し、実戦的なのは七重起動までです。それ以上になると膨大《ぼうだい》な魔力が必要な上、発動するまでの時間が長くなって使えません」

三橋師範は、突きに合わせて『コーンアロー』を放つというやり方が身体に馴染《なじ》むようだ。やり方は自分に合ったもので問題ないが、動作が大きいと攻撃したと悟《さと》られるのではないかという点が気になる。その点について尋ねる。

「魔物相手なら問題ない。それに予備動作をなくした突きは、相手が気付いた時には命中している」

俺はそういうものなのかと考えながら、相手を探し始めた。最初にゴブリンと遭遇。三橋師範は正確に間合いを測れるようで、『コーンアロー』の射程内に入った瞬間、トリプルアローを放って仕留めた。

師範が拳を突き出した瞬間、拳の先からトリプルアローが飛び出して魔物たちを倒していく。突きに合わせて『コーンアロー』を放つというやり方が、どんどん洗練《せんれん》されていって『コーンアロー』の起動が早くなる。ゴブリンや角豚では物足りなくなったと言うので、二層のオークとアタックボアを相手に試す。それらの魔物たちでも問題ないようだ。

「それじゃあ、トリプルアローではなく、クワッドアローに切り替えて試してみましょう」

「四重起動か、難しそうだな」

そう言った師範だったが、少し練習するとクワッドアローを放てるようになった。そこで三層へ行って、リザードマンとジャンボフロッグを相手に試す。最初は手子摺《てこず》ったが、どこかのタイミングで突きの動作とクワッドアローがカチッと繋《つな》がったらしい。その瞬間からクワッドアローを発動するまでの時間が短くなっていく。

「魔力は大丈夫ですか？」

俺は、『コーンアロー』を連発したので魔力が尽きないかと心配した。

「大丈夫だ。冒険者をしていた期間は短かったが、魔力は平均的な冒険者より多いらしい」

接近戦で魔物を倒す三橋師範は、魔物が息絶えた時に放出するＤ粒子を大量に体内に取り込んだようだ。

リザードマンでも相手にならないと分かったので、四層のサテュロスやビッグシープをスルーして、五層のリザードソルジャー狩りをする事にした。リザードソルジャーは買取価格が高い赤魔石〈小〉を残す魔物である。オークやダークタイガーと遭遇した時は俺が瞬殺し、リザードソルジャーは師範に相手してもらう。

このリザードソルジャーは、ロングソードを持つ魔物なので、三橋師範も手間取るかと思った。だが、トリプルプッシュとクワッドアローを的確に使って仕留めてしまう。文句なしの戦い方だった。赤魔石〈小〉を残して消えたリザードソルジャーを見て、三橋師範が溜息を漏らす。

「どうしたんです?」

「生活魔法の魔法レベルが上がった。こんなに簡単に上がるなんて信じられん」

何度も何度も生活魔法を使って魔物を倒しているのだ。上がらない方がおかしい。俺は苦笑いするしかなかった。だが、これで師範の生活魔法は魔法レベル5になった。次の生活魔法を覚えてもらえる。接近戦が得意な師範には、次に『ブレード』を覚えてもらうのがいいだろう。リザードソルジャーのロングソードによる攻撃を危なげなく躱《かわ》し、トリプルプッシュで体勢を崩してからクワッドアローで仕留める鮮《あざ》やかな戦い方を見ていると『ブレード』をどういう風に使うのだろうかと興味が湧いてくる。

まだ修業を続けたいという三橋師範を説得し、地上に戻り冒険者ギルドへ行った。魔石を換金するためである。

「もう少し修業しても良かったんじゃないか?」

三橋師範は抗議するが、魔力の残りが少なくなっていたというのを知っている俺は、それを許さなかった。

「ダンジョンでは、俺が師匠です。指示には従ってもらいますよ」

師範が溜息を漏らす。

「そうだな。調子に乗っていたようだ」

魔石を換金して、支払われた札束を見た師範が驚いた。

「冒険者というのは、儲《もう》かる商売なんだな」

「リザードソルジャーが残す赤魔石は、割と高い金額で換金されますからね」

金を受け取った俺たちは、コーヒーを買って打ち合わせ部屋に入った。

「次は『ブレード』の生活魔法を覚えてもらいます」

「あの見えない刀で斬るような魔法だな」

ダンジョンで『ブレード』を使って見せているので、細かい説明は不要のようだ。俺はリュックから『ブレード』の魔法陣を取り出して渡す。

「師範なら、どう使いますか？」

「そうだな、手刀に合わせて魔法を発動するようにするか、蹴りに合わせてもいい」

この発想には驚いた。蹴りに合わせて発動するというのは考えた事もなかった。別に何かの動きに合わせて発動する必要はないのだが、切っ掛けがあると発動が早まるので有効な手段なのである。

師範が突然頭を下げた。

「感謝する。これでアルバイトをせずに、武術を探究する事ができる」

「ダンジョン探索も、アルバイトのようなものですよ」

三橋師範が笑顔で違うと言う。

「ダンジョン探索は戦いだ。武術の修業としても有効なのだ」

師範と別れてアパートに帰る。

「さすがに、道場でしごかれた後に、ダンジョンというのは疲れた」

一日置きにダンジョンに潜っているので、体力はかなりある方だと思っている。だが、慣れない空手の練習をした後に、ダンジョンというのはキツかった。

「明日は一日寝ていようかな」

そんな事を考えてから寝た。


昨夜は一日寝ていようかと考えていたが、翌朝には疲れなど少しも残っていなかった。そうなると何かしたくなる。この世界にはインターネットもゲーム機もないので、時間を潰すとなると、屋内では本を読むかラジオを聞くくらいしかない。俺は趣味を持っていないのだ。

「テレビを買おうかな」

アナログ放送とブラウン管テレビが復活しているので、テレビは存在する。久しぶりに買い物に行く事にした。渋紙市《しぶかみし》の中心である駅前に向かう。一時は激減していた公衆電話が増え始めている。繁華街《はんかがい》には大きなビルが多いが、古いものほど大きく新しいビルは小さくなっている。

昔に比べれば車の数が少なくなったらしい。それには理由がある。この社会を支えているエネルギーが、黄魔石から取り出される電気エネルギーだという事だ。車も黄魔石をエネルギー源として走っているので、エネルギー代が高いのである。

石油や石炭は今でも使われているが、以前より高価になっている。温暖化が騒がれた時代に産業として衰退《すいたい》し採掘量が減ったのだ。これには、コンピュータ関連が全滅したので採掘技術が衰退した事も関係している。


俺は普段のラフな格好にマジックポーチだけを腰に着けて来ている。ここは飲食店や企業のオフィスが多く、大きなスーパーマーケットもあるので便利な場所だ。ここには大きな家電量販店もある。そこの二階にテレビを見に行った。アパートの部屋に合わせた小さなテレビを購入し、配送してくれるように手続きをする。

その家電量販店から外に出て何か食べようと考えた時、遠くからボンという音が聞こえてきた。俺の周りがザワッとする。少し離れたビルから煙が上っている。火事が起きたようだ。

「おい、火事だ！」

誰かが叫び声を上げた。俺は火事の現場に向かう。五階建ての小さなビルが火事になっていた。二階から火の手が上がり黒い煙が窓から吐き出されている。火事から逃げ遅れた人たちが屋上へ向かったようだ。

「冒険者は、救助に行くぞ」

魔装魔法使いだと思われる人が、ビルに飛び込んだ。だが、すぐに戻ってくる。階段が火で塞《ふさ》がれているらしい。

「よし、隣のビルから助けるんだ」

その男の声を聞いた冒険者が、隣のビルに駆け込んだ。そのほとんどが魔装魔法使いなのだろう。攻撃魔法使いは、こういう救助作業には向かないので、たぶん無視しているはずだ。

生活魔法使いは役に立つのだろうか？　よく分からない。邪魔になるかもしれないが、取《と》り敢《あ》えず参加する事にした。隣のビルの屋上へ向かう。屋上には四人の冒険者が居た。身体つきから魔装魔法使いだと推測する。最初に声を上げた男の顔を見て思い出した。D級冒険者の米《め》良昭一《らしょういち》だ。『酔っぱらい隊』という冒険者チームのリーダーである。もしかすると、全員が『酔っぱらい隊』のメンバーなのかもしれない。

隣のビルを見ると、五人の逃げ遅れた人々が屋上に上がってきたようだ。その人たちが助けを求めながら手を振っている。魔装魔法使いたちは隣の屋上を睨み、頷いた。隣のビルの高さは同じ程度で、同じ高さに屋上がある。

「皆、やれるな」

「おう！」

何がやれるんだ？　米良が一人ひとりに三メートルほどに切ったサラシを渡した。俺も受け取る。米良の腰にある巾着袋《きんちゃくぶくろ》のようなものは、マジックポーチと同じ巾着袋型のマジックバッグだったようだ。

このサラシは怪我した時の応急処置用《おうきゅうしょちよう》のものらしい。

「おれが最初に行く」

何をする気だろう？　見ていると、屋上の反対側に行ってから隣のビルを睨《にら》んだ。まさか、嘘だろ。あの距離を跳ぶのか。

米良が凄い勢いで屋上を全力疾走《ぜんりょくしっそう》する。

「うおりゃあ！」

米良が屋上を蹴って向こうのビルへ跳んだ。魔装魔法使いでも楽勝という距離ではない。『パワータンク』のような魔法を使ったんだと思う。どうせ跳ぶんだったら、ロープでも持って跳んだらいいのに、と思ったが、そんな長いロープはなかったのだろう。どこにロープがあるか考えたが、俺には分からなかった。ありそうな場所が思い付かなかったのだ。

探している時間はなさそうだ。二階だけでなく三階からも煙が上がり始めていたからだ。跳んで向こうのビルに行くのは良いとして、どうやって下りるつもりだ？

その答えは、米良が示してくれた。一人の女性を背中に背負いサラシで固定する。そして、ボルダリングの要領《ようりょう》でビルの壁を下り始めたのだ。

「嘘っ、人を背負ってボルダリングかよ」

残っていた魔装魔法使いたちが、なるほどというように頷いて、助走を付けると隣のビルに跳んだ。

あいつら『漢《おとこ》』だ。と思うと同時に溜息が漏れる。俺も跳ばなきゃダメかな？　火の勢いを見ると、俺が行かなければ一人は焼け死にそうだ。度胸を決めて、俺は五重起動の『カタパルト』を発動した。D粒子リーフで作られた巨人の手が、俺を包み込むように摑《つか》み高速移動する。真横ではなく斜《なな》め上《うえ》に向かって放り投げるような角度である。強烈な加速度で身体が締め付けられる。

魔法が解除されたと気付いた時には、下にある道路の半分を越え飛翔《ひしょう》していた。だが、このままでは隣のビルに到達する前に落ちる。もう一度『カタパルト』を発動、但し三重起動のトリプルカタパルトである。空中を舞っていた俺の身体が、もう一度巨人の手に摑まれ高速移動する。

俺は隣のビルの屋上に叩き付けられる寸前に『エアバッグ』を発動、身体がバスンとD粒子エアバッグに衝突し、屋上にストンと着地する。

「変わった飛び方をするんだな。どんな魔法を使ったんだ？」

魔装魔法使いの一人が質問する。俺が答える前に別の一人が急げと声を上げる。グズグズし

ていると火がビル全体を包みそうなのだ。

俺は残っている一人を探す。ビルの角で身を縮《ちぢ》めて頭を抱えている。それを見た俺は、即座にボルダリングは無理だと諦めた。俺より身体の大きな男性だったのだ。俺は無理やり男を背負いサラシで固定する。男はガタガタ震えて、俺にしがみつく。

「助けてくれ」

「大丈夫、助けるから、首を締めるな」

俺はビルの端《はし》まで行って、下を覗《のぞ》いた。かなり高い。落ちたら命がないだろう。だが、魔装魔法使いたちはちょっとしたでっぱりや足掛かりを確保して下りていく。生活魔法使いの俺には不可能な事だ。背負っている男も下を見たようだ。

「嫌だ。下ろしてくれえー！」

背中の男が暴れる。御蔭でバランスを崩した俺は、ビルから落ちた。その恐怖は半端ではない。隣のビルから飛び移った時も恐怖はあったが、それ以上である。

「きゃああ――――！」

下から悲鳴が聞こえた。背中の男は静かになってグタッとしている。気を失ったらしい。俺は『エアバッグ』を発動、五メートルほど落下した時点でD粒子エアバッグに衝突し、落下が止まった。そして、D粒子エアバッグが消滅し落下が再開される。落下、『エアバッグ』を繰り返して地上に着地した。先に下りた米良が駆け寄ってくる。

「大丈夫か？」

俺は起き上がって頷いた。

「大丈夫だ。こいつが背中で暴れたんで、バランスを崩したんだ」

米良は俺と気絶している男の体格を比較して、納得したように頷いた。

「しかし、どうやって下りたんだ？」

「それは秘密だよ」

米良は苦笑して頷いた。冒険者が自分の習得している魔法を秘密にするのは、よくある事なのだ。

「魔装魔法使いの米良だ。名前を教えてくれないか？」

「生活魔法使いの榊緑夢だ」

俺が生活魔法使いだと言うと、米良が信じられないという顔をする。

「生活魔法だって、進歩するんですよ」

「そうだな。失礼した」

『酔っぱらい隊』の米良は、気持ちの良い冒険者のようだ。ビルの方を見ると、その半分ほどが火に包まれている。グズグズしていたら、本当に焼け死んでいたかもしれない。その後、消防車と救急車が来て大騒ぎとなった。俺たちの救出活動は新聞に載《の》り、生活魔法使いがどうやって救助したのだろうと話題になったようだ。

3 選抜チーム対抗戦

「グリム先生が新聞に載ったのを、知っている？」

昼休みに校庭でぶらぶらしていた天音《あまね》たちが知らないと答えると、カリナが天音たちに新聞を見せた。

「うわっ、本当だ」

不鮮明だが、グリムの顔が新聞に載っていた。火事の現場で救助活動をしたという。

「これって、『カタパルト』で隣のビルから飛び移り、『エアバッグ』を使って下りたんでしょ。凄《すご》いな」

天音は興奮《こうふん》したような声を上げ、千佳《ちか》がカリナに視線を向けた。

「カリナ先生、もうすぐ競技会ですよ。選抜チームはどっちが出るのか、決まったんですか？」

カリナの顔が曇《くも》った。

「それなんだけど、先生たちの間で意見が分かれているのよ」

三年を中心に選んだ選抜チームは伸びが停滞気味《ていたいぎみ》で、実力においてアリサたちに追い抜かれたのではないかと言われているらしい。選抜チーム対抗戦が模擬戦ではなく、ダンジョンでの実戦だった場合には三年生チームが不利だという。由香里《ゆかり》が首を傾《かし》げた。

「あれっ、選抜チーム対抗戦というのは、模擬戦じゃないんですか？」

「稀《まれ》にダンジョンの特定の魔物を倒して、その魔石を回収して戻ってくる時間を競《きそ》う場合もあるのよ」

「へえー、そうなんだ。あたしは実戦がいいな」

由香里の言葉に、アリサたちも賛同した。

「でも、八割の確率で模擬戦になるようなの」

「だったら、三年生チームでいいんじゃないですか？」

アリサの言葉に、カリナが不思議そうな顔をする。

「結城《ゆうき》さんは、選抜チーム対抗戦に出たくないの？」

「私たちは来年がありますから」

「ああ、そういう事。でも、本来は実力のある者が出るべきなのよ」

「それは分かりますが、模擬戦だと生活魔法を使う私たちは不利になります」

模擬戦で使える生活魔法は少ないので、アリサたちの実力が発揮《はっき》できずに負ける可能性が高くなるのだ。

その時、貝塚《かいづか》が駆け寄ってきた。

「望月《もちづき》先生、選抜チーム対抗戦がダンジョンでの実戦になるようです」

カリナがアリサたちに視線を向ける。

「そうなると、三年生チームではなく、あなたたちに決まりそうよ」

アリサは納得できないという顔をする。三年生チームとアリサたちの実力はほぼ変わらないと聞いていたからだ。
「実力的には変わらないと聞きましたけど？」
「三年生チームは、魔物を倒すのに時間を掛けすぎるのよ」
カリナが言ったように、選抜チーム対抗戦に出るメンバーは、アリサたちになった。

そして、いよいよ競技会の日。県内の魔法学院四校の生徒たちが、渋紙市《しぶかみし》の市街地に造られた会場に集まった。この会場の広大な敷地は、サッカーが二試合同時にできるほどの広さがある。

競技会が始まると、アリサたちは黒月《くろつき》と合流し対抗戦のルールを聞いた。そこには他の三校の生徒たちも居る。その中でジービック魔法学院のライバルとなるのは、フィリス魔法学院のチームだと黒月から聞いた。フィリスチームにも黒月のような存在が居るそうだ。二年の貴崎《きざき》双葉《ふたば》という魔装魔法使いらしい。しかも残りのメンバーの全員が攻撃魔法使いという特殊《とくしゅ》なチームだという。

残りの二校の中で、ベルド魔法学院は魔装魔法使い三名と攻撃魔法使い二名のバランスの良いメンバー構成をしていた。ただ特出した実力の持ち主は存在せず、特色のないチームと言える。

そして、カセオ魔法学院は魔装魔法使い四名と攻撃魔法使い一名という構成である。フィリス魔法学院とは正反対のチームとなっている。但《ただ》し、このチームにも特出した実力の持ち主は存在しない。

「今回の勝利条件は、赤瀬《あかせ》ダンジョンの六層まで行き、ダンジョンボスを倒す事だ。その証《あかし》として魔石を持って帰ってもらう。但し、途中で遭遇《そうぐう》した魔物は必ず倒す事、それが条件だ」

教頭が不満そうな顔をして説明している。アリサたちがメンバーに選ばれたのが気に入らないようだ。説明が終わり、スタートを待つ事になった。

赤瀬ダンジョンは渋紙市から少し離れた場所にある初級ダンジョンである。各学院の生徒もあまり使わないダンジョンなので、不公平にはならないと判断されたらしい。その赤瀬ダンジョンを生徒たちがあまり使わないのには理由がある。六層までしかない初級ダンジョンなのだが、中に居る魔物がビッグシープやアーマードウルフなどの防御力が高い魔物が多いので、生徒たちには人気がないのだ。

「ジービックの黒月さんね」

フィリスチームの貴崎が、黒月に声を掛けた。少し冷たい感じのする美少女だ。

「そうだ。君はフィリスの貴崎さんだよね」

「ええ、今日は勝たせてもらいます。それだけ言いに来たの」

そう言って貴崎が戻ろうとする。その背中に黒月が声を掛ける。

「相当な自信家なんだな。それともチームメンバーに自信があるのか？」

「そうね。メンバーも優秀よ。私以外全員が攻撃魔法使いだけど。そう言うあなたのメンバーはどうなの？　アクシデントがあったと聞いたけど」

黒月が何と答えるか、アリサたちは興味を持った。黒月が微妙《びみょう》な顔をして答える。

「メ、メンバーはちょっと変わっているが、優秀な生徒ばかりだ」

「そう、なら紹介してもらおうかしら」

貴崎がアリサたちの前に来た。

「私は魔装魔法使いの貴崎よ。お名前を聞いてもいい？」

アリサたちが自己紹介すると、貴崎が呆《あき》れた顔になる。天音とアリサは、分析魔法や付与魔法より生活魔法が伸びているので、生活魔法使いと名乗るようになっていたのだ。

「ジービックは狂《くる》ったの。二人も生活魔法使いをメンバーに入れるなんて」

天音が口を尖《とが》らせて文句を言う。

「ちょっと、失礼よ。生活魔法使いだというだけで、差別するなんて」

貴崎が鼻で笑う。

「差別じゃないでしょ。生活魔法使いがダンジョンの魔物を倒せるの？」

天音が鋭《するど》い視線で貴崎を睨《にら》んだ。

「ふん、そうやって生活魔法を馬鹿にして、墓穴《ぼけつ》を掘るのよね」

貴崎が天音を睨み付けた。

「口だけは達者《たっしゃ》なようね。いいでしょう。ダンジョンから戻ったら、あなたが言う馬鹿にできない生活魔法というのを見せてもらいましょう」

貴崎が去っていくと、天音が身震いする。

「面白くなってきた。絶対に勝って、あいつの鼻を殴ってやろうよ」

アリサが首を傾《かし》げた。

「鼻を殴《なぐ》る？　それだとただの暴力だから……鼻をあかしてやろうじゃないの？」

「そう、それ」

アリサは天音が興奮し過ぎだと思ったが、生活魔法の素晴らしさを広める良い機会だと考え、頑張る事にした。

模擬戦や魔法の威力《いりょく》を競う試合は始まっており、応援の声で盛り上がっている。そして、出発の時間がきた。会場の中央に出たアリサたちは、各学院の生徒たちの応援を受けながら出発した。その中でジービック魔法学院の生徒たちの中には、納得できないという顔をしている生徒が多かった。特にアリサたちの事を知らない一年と三年の生徒たちに、その傾向《けいこう》が強い。

「何で生活魔法使いが二人も入っているんだ？」

「知らねえよ。強いからだろ」

「でも、生活魔法使いが強いなんて、おかしくないか？」

そんな会話が交わされた。アリサたちは会場を出て赤瀬ダンジョンへ向かう。会場から赤瀬ダンジョンまでは二キロほどだ。ダンジョンまで走るのも競技のうちらしい。

これは競技なので、不正をしないように各校の教師が監視役として同行する。アリサたちに同行するのは、フィリス魔法学院の名瀬《なせ》という教師だった。

「こういう時は、魔装魔法使いが有利だけど、全員が魔装魔法使いという選抜チームはなかったみたい」

アリサがジョギング程度のスピードで走りながら言う。

「もう少し急いだ方がいいんじゃないか？」

黒月が少し焦った感じで言った。

「ダメ、これ以上スピードを上げたら、ダンジョンに到着する前に体力が尽きそう」

アリサが弱音を漏らした。ダンジョンに潜《もぐ》るようになって体力が向上している。だが、天音や千佳に比べるとまだまだ体力不足だった。ダンジョンに到着して素早く着替えて中に入る。

そこでフィリス魔法学院の貴崎たちのチームと一緒になった。

「あらっ、一緒になったのね。ここからが本番よ」

アリサたちは教頭から渡された地図を頼りに最短ルートを進み始めた。一層から三層までは、アリサたちが貴崎たちより若干《じゃっかん》リードしていた。アリサたちは、グリムから指示されて早撃ちの練習をしている。そのせいで魔物を瞬殺《しゅんさつ》する事が多いのだ。黒月が攻撃する前に、アリサたちが倒してしまうので、黒月の出番がない。

とは言え、そのリードは微妙なものだった。だが、四層でビッグシープに遭遇《そうぐう》して差がついた。原因はビッグシープの毛である。その毛は特殊であり、攻撃魔法も弾くらしい。なので、一撃で倒す事はできず、普通なら倒すのに時間が掛《か》かるのだ。

だが、生活魔法には『モゥイング』がある。毛を刈ってから攻撃すれば短時間で倒せる。アリサたちは一歩リードして四層を抜けた。監視役の名瀬は、ビッグシープの毛を刈って倒すアリサたちのやり方を見て苦笑《にがわら》いしていた。

ここでアリサたちが先行する事になった。僅差《きんさ》で貴崎たちが追い駆けており、その後ろにベルド魔法学院とカセオ魔法学院が続いている。アリサたちは、五層を進んでいる時、運悪くキングスネークと遭遇してしまう。運が悪い時は、こういうものだ。

「こいつは強敵だ。僕が倒そう」

出番がなかった黒月が言い出した。アリサが異議《いぎ》を唱《とな》える。

「でも、皆で戦った方が、早く倒せると思いますけど」

「ここは僕に任せて、魔力を温存してくれ」

黒月がキングスネークと戦い始めた。魔装魔法で強化した後に、剣を構えて突撃する。さすがに黒月は強い。瞬《また》く間《ま》にキングスネークを追い詰め、最後には『クラッシュバレット』で仕《し》留《と》めた。

黒月がキングスネークと戦っている間に、貴崎のチームが追い越していった。由香里はキングスネークが仕留められたのを見て頷《うなず》いた。天音が横に立ち小声で話し掛ける。

「由香里、憧《あこが》れの黒月先輩はどう？」

微妙な顔をする由香里。

「凄いと思うんだけど、以前ほど魅力《みりょく》はないかな」

「何でよ？」

「グリム先生と比べると、何というか、インパクトに欠ける気がするの」

それを聞いた天音が笑う。黒月が戻ってきて、アリサたちに声を掛ける。

「さあ、行こう」

アリサはやっぱり全員で袋叩《ふくろだた》きにした方が早かったんじゃないか、という気がした。ただ魔力を温存できたのは事実なので、深く考えない事にする。

「黒月先輩は、ここのダンジョンボスを倒した事があるんですか？」

「いや、ここのダンジョンボスはクイーンタートル、防御力だけは高いが攻撃力はほとんどないという魔物なので、興味を持たなかった」

そのクイーンタートルを倒すには、攻撃魔法なら魔法レベル9にならないと習得できない『プロミネンスノヴァ』以上の魔法が必要だという。ちなみに、ボスドロップもしょぼいという話だ。

「へえー、そんな魔物がダンジョンボスなんだ。黒月先輩なら、『プロミネンスノヴァ』でクイーンタートルを倒せるんですよね？」

「もちろんだ」

「だったら、急がなきゃ。フィリスチームが追い抜いていきましたよ」

「そ、それを早く言ってくれ」

アリサたちは急いで五層を抜け、六層に下りた。ここからは地図がなかった。そして、六層は迷路である。先に六層に下りたからと言って、ボス部屋に先に到着できるとは限らない。フィリスチームが先に行っても、アリサたちが焦らなかった理由だ。

「アリサ、頼む」

千佳が頼んでいるのは『センシングゾーン』である。D粒子《りゅうし》の動きを感じる魔法だが、使い方によっては迷路を調査するのにも使える。『センシングゾーン』が得意なのがアリサなのだ。

この頃になると、同じ生活魔法を覚えていても得意・不得意が分かれてくる。

『ブレード』は千佳が得意で、『ジャベリン』は天音が得意になっていた。『サンダーボウル』と『サンダーアロー』は、差がない状態だ。

アリサが『センシングゾーン』を使いD粒子の動きを探る。半径二十メートルの範囲にあるD粒子を感じ取りながら、アリサは迷路のマップを作り始めた。

「こっちです」

アリサが先導するように歩き出した。迷路の全体が分かる訳ではないが、袋小路《ふくろこうじ》になっている通路はＤ粒子の動きで分かる。

「本当に大丈夫なのか？」

黒月が納得できないという顔で、千佳に確認した。

「問題ない。アリサは私たちの中で最高のＤ粒子感知能力と記憶力を持っている。彼女の頭の中には迷路のマップが描かれ始めているはず」

袋小路を避けて進み始めたアリサを見て、迷路の地図を記憶している名瀬は驚いた。

「おいおい、どんな魔法を使っているんだ？」

天音が振り返って答える。

「それは秘密ですよ」

その迷路の中で、スモールゴーレムに遭遇した。ロックゴーレムの一種なのだが、体長が百六十センチほどしかないので、スモールゴーレムと呼ばれている。通常のロックゴーレムは二メートル半ほどの大きさなので、百六十センチほどのロックゴーレムをスモールゴーレムと呼んでいるのだ。動きが遅いので、攻撃を食らう事はほとんどないが、呆れるほど頑丈《がんじょう》な魔物である。

「厄介《やっかい》な魔物だぞ。武器では倒せない。攻撃魔法を使え」

黒月が『クラッシュバレット』で攻撃した。破砕《はさい》魔力《まりょく》弾《だん》がスモールゴーレムの胸に命中し爆発。魔物の胸にヒビを入れる。

「あのヒビを狙って」

アリサが指示を出した。天音がクイントアローを胸に向かって放つ。その一撃はゴーレムの胸に突き刺さったが、致命傷《ちめいしょう》にはならなかった。アリサがクイントプッシュで、スモールゴーレムを突き飛ばす。後ろに倒れたゴーレムの胸に千佳がクイントブレードを叩き込んだ。その一撃で胸のヒビが大きくなり、最後に由香里が『クラッシュバレット』を叩き込み仕留めた。

その戦いを見守っていた名瀬は、絶妙なチームワークを発揮して魔物を倒すアリサたちの動きを見て、心の中で喝采《かっさい》した。それほど見事な連携《れんけい》プレイだったのだ。

黒月は手子摺《てこず》るだろうと思っていた敵を、アッという間に倒してしまったアリサたちの手際《てぎわ》に考え込んだ。これだけのチームワークが、最初のチームにあったならば、誰も怪我《けが》をする事などなかっただろう。

六層の迷路を探索し、二時間ほどでボス部屋の前に到着した。驚異的《きょういてき》な早さだ。

「おめでとう。君たちが一番乗りのようだ」

名瀬が祝福する。黒月はちょっと複雑な表情を浮かべる。これほど早く到着できたのは、自分の力ではなくアリサたちの御蔭《おかげ》だったからだ。

ボス部屋の入り口は細長い通路となっていた。アリサたちは戦闘に必要な物以外を通路の前に置いてから、ボス部屋に入った。荷物を置いたのは、戦闘中だと他のチームに知らせるためでもある。

「クイーンタートルか。デカイ亀なんだろうな」

天音が嬉《うれ》しそうに声を上げる。そして、ボス部屋に入ったアリサたちは、周囲を見回した。

「おかしい。クイーンタートルが居ないぞ」

黒月が声を上げると、アリサがボス部屋の右手の奥を指差した。

「気を付けて。向こうの方に何か居ます」

皆の視線がアリサが指差す方に向いた。そこから現れたのは、クイーンタートルではなかった。

「ハイゴブリン？　いや、あれはゴブリンロードだ」

黒月が驚いて大きな声を上げた。監視役の名瀬も顔を強張《こわば》らせている。

「どういう事だ？　ゴブリンロードがダンジョンボスなんて聞いていないぞ」

アリサたちは武器を構えた。ゴブリンロードではないが、ゴブリンキングとの戦い方なら、グリムから聞いている。それを参考にすれば、自分たちならゴブリンロードを倒せると思った。

「皆、分かっているわね」

アリサの声で『センシングゾーン』と『オートシールド』が使える三人が発動して前に出た。

黒月の脳裏《のうり》に、水月《すいげつ》ダンジョンで戦ったゴブリンキングの事が浮かんだ。

「ダメだ。君たちは下がっていてくれ。ここは僕が倒す」

アリサが鋭い視線で黒月を睨《にら》む。

「黒月先輩、私たちを馬鹿にしているんですか。こいつはゴブリンロードで、ゴブリンキングじゃないんですよ」

アリサに強い口調で言われた黒月は驚いたような顔をする。そして、自分がアリサたちを無意識に格下だと思っていた事に気付いた。格下だから庇《かば》ってやらなくてはいけないと思っていたのだ。

「そういうつもりじゃないんだ。ただゴブリンロードは強敵だ。大丈夫なのか？」

「問題ありません。私たちはグリム先生の直弟子《じきでし》です」

「そうか、分かった。どうやって倒す？」

「黒月先輩は誘導をお願いします。私たちの真ん中に誘い込んでください」

「誘導？　まあいい。任せよう」

そう言った黒月は剣を握って、ゴブリンロードの前に進み出た。魔装魔法を使って強化した黒月は、飛ぶように間合いを詰めて戦い始める。ゴブリンロードは身長百八十センチほど、頭に一本の角がある。青白い肌をした顔は醜《みにく》く、筋肉質の身体、手にはロングソードを持っていた。

監視役の名瀬が声を上げた。

「大丈夫なのか？　私が加勢しようか？」

「いえ、大丈夫です。先生はそこで見守っていてください」

名瀬に言ってから、アリサは黒月とゴブリンロードとの戦いを見た。スピードはゴブリンロードが上で、パワーは黒月が上のようだ。但し、黒月にしか分からなかったが、ゴブリンキングと比べると明らかにスピードとパワーの両方が劣《おと》っていた。アリサは首を傾げた。ゴブリンロードとオークナイトの実力は同じ程度だと聞いていたが、そこは少し違うようだ。同じゴブリンロードでも、水月ダンジョンの中ボスとして出て来る個体とダンジョンボスとして現れた個体は、レベルが違うのだろう。

しかも、決定的な事が一つ違った。ダンジョンボスとして現れたゴブリンロードは、ゴブリンキングと同じく魔力障壁《まりょくしょうへき》を持っていたのだ。水月ダンジョンに現れるゴブリンロードが魔力障壁を持っているという話は聞いた事がない。グリムはセブンスハイブレードで仕留めたらしいが、アリサたちは『ハイブレード』を使えない。そこで、セブンスブレードで代替《だいたい》する事にした。

黒月は時折魔力弾を放つが、ゴブリンロードは簡単に躱《かわ》している。魔力を感知する事ができるのかもしれない。それらの動きは目では追えない時もあったが、D粒子の動きで把握《はあく》する。ゴブリンキングは火球弾を放つ攻撃を持っていた。だが、ゴブリンロードはまだ一回も火球弾を使っていない。使えないのか、とアリサは推理する。

黒月がじりじりと下がってきた。その時、ゴブリンロードが口から黒い液体を飛ばした。慌てて黒月が避ける。ボス部屋の床に落ちた黒い液体はブクブクと泡を発生させる。強烈《きょうれつ》な毒のようだ。黒月は毒攻撃を避けた時に敵から目を離してしまった。ゴブリンロードが飛び込んでロングソードを振り下ろす。黒月が慌てて剣で受け止める。その時、ゴブリンロードの蹴《け》りが黒月の脇腹《わきばら》に叩き込まれた。嫌な音が響き、黒月の骨が折れたのが分かった。

「天音！」

アリサが合図した。天音は下から掬《すく》い上《あ》げるようにクイントプッシュを放ち、D粒子プレートがゴブリンロードを斜《なな》め上《うえ》に撥《は》ね上げる。

アリサは宙《ちゅう》に浮いているゴブリンロードに『プロップ』を発動。ゴブリンロードが空中に固定された。それを見た千佳が、魔装魔法で強化した脚力を使って跳躍《ちょうやく》、セブンスブレードでゴブリンロードの胴体《どうたい》を撫《な》で切《ぎ》りにした。だが、セブンスブレードはゴブリンロードが持つ魔力障壁によって弾《はじ》かれた。それを手応《てごた》えで分かった千佳は、グリムに頼み込んで『ハイブレード』を覚えるべきだったと後悔する。

「由香里！」

アリサの声で由香里が『ライトニングボム』を放った。由香里の手から稲妻《いなづま》が走り、ゴブリンロードの頭に命中する。しかし、魔力障壁は健在であり、無事なゴブリンロードが地面に落ちた。『プロップ』による固定時間が切れたのだ。そのゴブリンロードに天音がセブンスジャベリンを放った。それを避けたゴブリンロードが、風のようにアリサに駆け寄る。

アリサには、その動きが見えなかった。だが、D粒子の動きを感じ取り、クイントプッシュを放つ。ゴブリンロードは避けて、ロングソードで斬り付ける。

アリサのD粒子シールドが移動してロングソードの斬撃《ざんげき》を弾き返す。ゴブリンロードが驚いたような顔をする。そのゴブリンロードに天音がセブンスプッシュを放つ。高速で飛翔《ひしょう》したD粒子プレートが、ゴブリンロードをボス部屋の壁に叩き付けた。

そこに千佳が駆け寄り、もう一度セブンスプッシュを叩き付ける。由香里が『クラッシュバレット』を放ち、ゴブリンロードの腹で爆発させた。だが、魔力障壁のせいで大きなダメージは与えられない。アリサも駆け寄り、セブンスプッシュを叩き付ける。アリサたちは、魔力障壁が消えるまで、セブンスプッシュと『クラッシュバレット』を順番に叩き込んだ。

そして、ついに魔力障壁が耐《た》えきれなくなって消滅する。その瞬間、千佳がセブンスブレードを叩き込んだ。それがトドメとなった。ゴブリンロードが消え、黄魔石〈大〉が残った。そして、どこからかショルダーバッグのようなものが現れ、地面に転がる。由香里が黒月のところへ駆け寄った。

「黒月先輩、大丈夫ですか?」

歯を食いしばった黒月が身体を起こす。そこに名瀬が駆け寄ってきた。

「骨が折れたのか?」

名瀬は応急処置をした。名瀬は初級治癒魔法薬を持っていたが、使わなかった。骨折にはあまり効果がなかったからだ。黒月の手当てが終わってから、アリサたちは黄魔石〈大〉とショルダーバッグを拾い上げた。魔石は千佳の手に握《にぎ》られ、ショルダーバッグを拾い上げたアリサは『アイテム・アナライズ』を使って調べる。そして、ニコッと笑った。

その笑いを見た天音が、嬉しそうに声を上げる。

「もしかして、そのバッグ？」

「ええ、マジックバッグよ」

天音たちは大喜びする。その騒ぎに気付いた名瀬は、呆れたように声を上げた。

「おいおい、本当かよ。選抜チーム対抗戦でマジックバッグを手に入れるなんて、前代未聞だぞ」

黒月が溜息《ためいき》を漏《も》らす。それに気付いた名瀬が、

「どうした？　マジックバッグだぞ」

と声を掛けた。

「マジックバッグは彼女たちのものです。僕は役立たずでしたから」

黒月は鮮《あざ》やかにゴブリンロードを倒した彼女たちに負けたと思った。怪我が治ったら、本格的に鍛え直す決心をする。

ボス部屋の入り口から、貴崎たちが入って来た。

「終わったようね。ん、何で黒月さんが怪我しているの？　相手はクイーンタートルだったんでしょ？」

黒月は顔をしかめてから、

「いや、ダンジョンボスは、ゴブリンロードだった」

「……ゴブリンロード？　本当ですか？」

貴崎は名瀬に視線を向けた。

「本当だ。黒月が負傷した後、彼女たちだけでゴブリンロードを倒した。見事な手際だったぞ。今回の件で、生活魔法の凄さが分かったよ」

名瀬の言葉を聞いた貴崎は、自分のライバルが黒月ではなく、アリサたちなのだと思ったようだ。鋭い視線をアリサたちに向ける。


地上に戻ったアリサたちは、救急車を呼んで黒月だけを病院に送った。競技会の会場へ戻ったアリサたちは、持ち帰った黄魔石〈大〉を会場の皆に見せて、ジービック魔法学院が選抜チーム対抗戦の勝利者だと知らせる。

「おい、聞いたか。彼女たちがゴブリンロードを倒したんだってよ」

「凄えな」

「黒月はどうしたんだ？」

「怪我して、病院送りだ」

今回の競技会は、アリサたちの活躍もありジービック魔法学院が優勝した。その御蔭で、県内では生活魔法使いの存在がクローズアップされる事になる。ちなみに、ゴブリンロードを倒したアリサたちは、魔法レベルを上げた。アリサ・天音・千佳の生活魔法が、魔法レベル9となり、由香里の攻撃魔法が魔法レベル9、生活魔法が魔法レベル2となったのだ。

4 オーク城の宝物庫

アリサたちが選抜チーム対抗戦で勝利した事を聞いて、俺は喜んだ。俺は相変わらずオークナイト狩りをしていたが、そろそろオーク城に入ろうと考えている。十二層のオーク城に入るには、城門の前に立つ六匹のオークナイトを倒して中に入るか、高い城壁を飛び越えて中に入るかである。

俺はオークナイトを倒して入ることに決めた。城壁を飛び越えて入ったとしても、そこには別のオークナイトが待ち構えているだけだからだ。森の木の陰に隠れて門番オークナイトを観察していた俺は、『センシングゾーン』と『オートシールド』を発動させ、クイントジャベリンを連続で放った。二匹のオークナイトを弾《はじ》き飛《と》ばした俺は、森から飛び出してオークナイトたちの前に出る。『サンダーボウル』の射程に入った瞬間、クイントサンダーボウルを連続で放つ。

早撃ちの練習をした成果が出て、全てのオークナイトを気絶《きぜつ》させる事に成功した。俺は手早くオークナイトにトドメを刺《さ》した。

「ふうっ」

一息ついてから門を押し開ける。すぐに城への入り口があり、そこから入るとホテルのロビーのような広い空間が広がっていた。無骨《ぶこつ》な作りだが、壁にはタペストリーが掛けられていた。そこに織り込まれている絵は、玉座に座るオークキングの前に片膝を突くオークジェネラルの姿である。

「さて、どこから調べよう」

俺は城の右側から調べる事にする。右側には階段があり、二階へ上る。二階は灰色の壁で囲まれた廊下《ろうか》にドアが並んでいた。用心しながら、一番手前のドアを開ける。金属鎧《よろい》を脱ごうとしているオークナイトと目が合った。俺はトリプルサンダーボウルを撃ち込み、クイントブレードでトドメを刺す。

「ふうっ、最初の部屋からオークナイトが居るなんて、心臓に悪いな」

部屋の中を調べる。テーブルや椅子《いす》があるが粗末《そまつ》なものだ。特に気になる物はなし。次の部屋を調べたが、気になる物はなかった。次々に部屋を調べオークナイトとも戦ったが、宝物庫《ほうもつこ》については何も分からない。

この城はオークキングの城ではないようだ。規模が小さくオークナイトの部屋が数多くある。二階を調べ終え、三階へと上る。三階の中央にある部屋に入ると、三つの寝台《しんだい》が並んでいた。ここは寝室らしい。パッと見回して何もなさそうなので、廊下に出ようとした。

その時、ドアから三匹のオークナイトが入って来た。俺は反射的にクイントサンダーボウルを放つ。一匹のオークナイトが倒れ、二匹が襲い掛かってきた。二本のロングソードが俺に向かって振られる。寝台に向かって跳躍《ちょうやく》した。ロングソードが背中を掠《かす》めたが、革鎧《かわよろい》が守ってくれたようだ。だが、魔法を起動させる暇を与えられる事もなく、またオークナイトが襲ってきた。俺は窓に向かって跳びながら、クイントプッシュを窓へ放ち破壊《はかい》する。

破壊した窓から外に飛び出した。空中で城を見ると四階のバルコニーが目に入る。俺は『カタパルト』を起動、数百のD粒子《りゅうし》リーフが俺を包み込みバルコニーに向かって投げ上げた。幅五メートルほどのバルコニーに無事に着地。下の方からオークナイトの叫び声が聞こえてくる。まずい事態になった。このまま脱出する事も考えたが、ここまで来て収穫《しゅうかく》なしというのも悔しい。このバルコニーへの出入り口は一つ、もうすぐオークナイトたちがここへ来るだろう。オークナイトに四階のバルコニーへ飛ぶところを見られているからだ。

俺はバルコニーに置いてある大きなテーブルを並べて、バリケードを作った。そして、オークナイトが集まるのを待つ。少しするとオークナイトがバルコニーに雪崩《なだれ》込《こ》んできた。下の部屋では三匹だったオークナイトが十二匹に増えている。そして、バリケードの前で団子状態になって、バリケードをどかそうとした。

俺はその瞬間を待っていた。七重起動の『ハイブレード』を起動し、横に構えた戦鉈《せんなた》を真横に薙《な》ぎ払《はら》う動きに合わせてセブンスハイブレードを発動させる。団子状態になっているオークナイトに、セブンスハイブレードが襲い掛かり両断する。十二匹のオークナイトを真っ二つにしても、勢いが止まらないセブンスハイブレードは城の壁を切り裂いて止まった。

轟音《ごうおん》が響き渡り城が揺れる。俺は緑魔石〈中〉を拾い集め始めた。その時、壊れた壁の一部から階段が見えた。こんな所にも階段があるんだ、と思いながら魔石の回収を終わらせ、四階の廊下に入る。何気なく見回して、おかしな事に気付いた。先程の階段への入り口がないのだ。

入り口があるはずの場所には、物置部屋みたいな小さな部屋があるだけだった。

じっくり調べたいけど、時間がない。あれだけの轟音を響かせたのだ。城中のオークナイトが集まるだろう。その時、床から音が響いた。ゴトッという音が響き、床板が横にずれて出入り口が開いたのだ。そこからオークナイトが出てきた。当然、俺と目が合う。咄嗟《とっさ》にトリプルサンダーボウルを放った。それを胸に受けたオークナイトが後ろに倒れ、階段を転げ落ちていく。

「びっくりした……」

俺は急いで階段を下りた。オークナイトが階段の途中で倒れている。そいつにトドメを刺してから、下へ向かう。途中にドアはなく一番下まで下りると、そこに通路があった。高さ五メートル、幅三メートルというかなり広い通路である。そこを進むと、大きなドアがあった。

「ここが宝物庫なのか？」

俺はドアを開いた。中はドーム状の部屋で、十二個の黒い箱が置かれている。その中の四個は開いており、中は空だ。誰かが中の物を持ち出したのか？　黒い箱をよく見ると金庫のようなものらしい。鍵穴があり、鍵がないと開かないのだろう。

その鍵はどこにあるのだ？　その部屋には出入り口が二つあった。一つは俺が入って来たドア、もう一つは奥にあるドアだ。あのドアの向こうが怪しいのだが、不吉な予感がする。だが、確かめずに諦める事などできない。俺は危険覚悟で進む事に決めた。ドアノブに手を触れた瞬間、何かに押されて部屋の中に放り込まれた。そして、バタンとドアの閉じる音が響く。慌てて立ち上がって前方を見る。広い部屋の中央にオークジェネラルが立っていた。

入って来た俺を見て、大きな鼻と牙《きば》が目立つ顔でオークジェネラルが笑う。身長が二百三十センチ、黒いスケイルアーマーを身に着けている。そして、手には大剣を握っていた。あんな物で斬られたら、一撃で即死だろう。俺はドアが開くか確かめてみた。ダメだ、開かない。オークジェネラルを倒すしか生き残る道はないようだ。

カリナ先生は、巨大な狼《おおかみ》だと言っていたのに、オークジェネラルか……出て来る魔物が決まっている訳じゃないんだな。しかし、欲に目が眩《くら》んで、用心が足りなくなっていたかな。失敗だ。俺は『センシングゾーン』『オートシールド』『パワーアシスト』を発動させる。

オークジェネラルがゆっくりした歩みで迫《せま》ってくる。小手調べにクイントサンダーボウルを放った。オークナイトなら確実に気絶させる魔法である。オークジェネラルが大剣を盾のように構える。その大剣にクイントサンダーボウルが命中して弾《はじ》かれた。普通なら大剣に流れ込んだ電気が、オークジェネラルにダメージを与えるはずだ。だが、オークジェネラルは平気な顔をしている。大剣に特別な効果があるのかもしれない。

オークジェネラルが大剣を横薙《よこな》ぎに振る。俺は魔装魔法で強化された脚力で跳《と》び退《の》いた。目の前を、凄《すご》い風切り音を放ちながら大剣の刃が通り過ぎる。血の気が引くのが分かる。それほどの威力《いりょく》を感じたのだ。オークジェネラルが間合いを詰めようとしたので、クイントプッシュを放つ。またも大剣で防御されたようだ。あの大剣は盾としても使われているようだ。

五重起動の魔法では、オークジェネラルへダメージを与えられないらしいので、七重起動に切り替える。セブンスプッシュを放つ。同じように大剣を盾として受け止められたが、オークジェネラルを二、三歩後退させる事に成功した。オークジェネラルが顔を歪《ゆが》める。

次の瞬間、巨体が飛び込んできた。ヤバイ、ヤバイ。俺は後ろに跳びながら戦鉈を構える。大剣が伸びてきて、D粒子シールドが受け止める。そのD粒子シールドが砕けた。慌てて戦鉈で大剣を受け流そうとする。戦鉈の柄に大剣が食い込み切断された。戦鉈は犠牲《ぎせい》になったが、俺はダメージを受けずに済んだ。だが、精神的に大ダメージを受けていた。D粒子シールドを破壊され、戦鉈が真っ二つになったのである。動揺しない方がおかしい。

武器を失った俺を見て、オークジェネラルがニタリと笑う。弄《もてあそ》ぶかのように、大剣の斬撃《ざんげき》を連続で放ってくる。俺は必死で避けた。辛《かろ》うじて大剣の攻撃を避けた俺は、セブンスアローを放ち反撃。だが、その攻撃は大剣で受け止められるか、スケイルアーマーで受け止められた。このスケイルアーマーは、憎《にく》たらしいほど防御力が高かった。普通なら傷くらいは付くものだが、全くの無傷でセブンスアローを跳ね返したのだ。

劣勢《れっせい》のまま戦いは続いた。俺は刀身がなくなった戦鉈を捨て、聖銀製短剣を持って戦っている。『センシングゾーン』と『パワーアシスト』を駆使《くし》して、オークジェネラルが振り回す大剣の攻撃を躱《かわ》し続けている。その御蔭《おかげ》で段々と攻撃のリズムが分かってきた。

それに合わせてセブンスプッシュを放ち攻撃を邪魔すると、オークジェネラルも簡単に攻撃できないようになった。動揺が収まった俺は、オークジェネラルへの攻撃方法に気付いた。それは三橋師範《みつはししはん》が最近使うようになった蹴《け》りと『ブレード』を合わせる技である。三橋師範は『ブレード』を習得すると、手刀と蹴りに合わせてトリプルブレードを放つようになった。

そして、オークなどと戦う場合、ローキックに合わせてトリプルブレードを放つと、面白いように倒せる事を発見したのだ。オークは足から魔法を放つという相手に慣れていないらしい。まあ、オークだけではないと思うが。

俺はオークジェネラルの動きを観察しながら機会を待った。オークジェネラルが大剣を大きく振りかぶった時、ローキックを繰り出し、それに合わせてセブンスブレードを放つ。そのセブンスブレードがオークジェネラルの膝の辺りを直撃する。オークジェネラルはグリーブと呼ばれる金属製の防具を着けていたのだが、そのグリーブが切り裂かれ足の骨が露出《ろしゅつ》する。苦痛に歪むオークジェネラルの顔。チャンスだった。セブンスプッシュで弾き飛ばす。踏ん張れないオークジェネラルは部屋の壁まで飛んで衝突する。

「グガアッ！」

オークジェネラルが悲鳴《ひめい》に似た叫びを上げる。俺はセブンスハイブレードを発動した。『ハイブレード』は間合いとタイミングが揃《そろ》わないと出せない攻撃なので、今まで使えなかったのだ。短剣を横薙ぎに振り、それをなぞるようにセブンスハイブレードがオークジェネラルを襲う。オークジェネラルは大剣で受け止めようとしたが、その大剣が弾かれて手を離れる。あれほど頑丈《がんじょう》だったスケイルアーマーも、セブンスハイブレードの攻撃力を撥《は》ね返《かえ》せなかった。オークジェネラルの身体は切り裂かれ、倒れた。

部屋の床に魔物の血が広がる。そして、オークジェネラルの動きが止まり、消失。俺の身体の中でドクンドクンと音がした。魔法レベルが上がったらしい。オークジェネラルの死骸《しがい》が消えた場所を見ると、そこに黒魔石〈小〉と黒いスケイルアーマー、それに鍵が残されていた。

俺はペタンと床に座る。危なかった。本当にヤバかった。革鎧がボロボロになり、あちこちから血が流れている。初級治癒魔法薬を取り出して飲んだ。御蔭で出血が止まり、傷口が塞がり始める。

「はあっ、危なかった。これはアリサたちには勧められないな。まるで、ダンジョンボスみたいじゃないか」

見覚えのある黒いスケイルアーマーを拾い上げる。

「こいつは、オークジェネラルが装備していたものに、似ているな。同じものなのか?」

ちょうど革鎧がボロボロになっていたので着替えてみる。装備した瞬間、少し大きかったスケイルアーマーが縮んで身体にフィットした大きさに変化する。魔導装備に間違いない。そして、頭の中にスイッチが浮かんだ。

このスケイルアーマーの機能を起動するスイッチのようだ。そのスイッチを入れると、身体から魔力が吸われるのを感じた。同時にD粒子リーフ《葉っぱ》のような小さく透明なD粒子の鱗《うろこ》が現れ上半身に張り付いた。魔力障壁《まりょくしょうへき》ではなく身体に小さなD粒子シールドを貼り付ける機能だったようだ。

賢者《けんじゃ》システムを立ち上げて調べてみる。俺が持つ賢者システムは生活魔法に関係するものなら調べられるのだ。調べてみると、D粒子の鱗『D粒子スケイル』は、鋼鉄よりも頑丈で魔法も弾き返せるものだった。その仕組は、D粒子二次変異の〈不可侵〉の特性をD粒子スケイルに付与する事だった。二次変異？　一次変異と何が違うのだろう？

黒魔石〈小〉と鍵を拾い上げてから、真っ二つになった戦鉈を回収する。悲しい事に黒鉄製の刀身部分も欠けているところがある。『リペア』の魔法で修理可能だが、どうしても強度は戻らない。欠けた部分が脆《もろ》くなるのだ。

「弱い魔物用の武器として使うか」

持ち帰って修理する事にした。立ち止まって『セルフ・アナライズ』の魔法を掛ける。生活魔法の魔法レベルを確認すると、『12』になっていた。そして、魔装魔法の魔法レベルが『2』だ。

ここには他の魔物が入って来ないようだから、ここで休憩しよう。マジックポーチから店で買ったサンドイッチとコーヒーが入っている水筒を取り出して食事を始めた。

サンドイッチを食べ終わり休憩した後、宝物庫らしい部屋に戻った。そこで手に入れた鍵に合う金庫を探す。最初の黒い金庫の鍵穴に鍵を差し込もうとしたが入らない。この金庫じゃないようだ。次の金庫でもなく、四番目の金庫を試した時に鍵がするっと入った。鍵を捻《ひね》るとカチッという音がして、金庫の扉が開く。

その中にあったのは、一冊の本と黒い棒、そして指輪だった。俺は本を手に取り、パラパラと捲《めく》った。

「マジか。魔導書じゃないか」

手の中にある本は、間違いなく生活魔法の魔導書だった。その中には『プッシュ』や『スイング』の魔法陣が描かれていた。中には十八個の魔法陣があり、俺が知らない魔法が四つほどある。その知らない魔法の事が書いてある部分を読もうとしたが、魔法文字で書かれていたので、ほとんど読めない。但《ただ》し、魔法レベルがいくつなら、その魔法を習得できるのかというところは読めた。それらの魔法レベルは『12』『14』『17』『20』だった。

一つだけ習得できるものがある。習得して魔法の正体を知りたいという欲求が湧き起こるが、ここはダンジョンの中だ。その魔導書をマジックポーチの中に仕舞った。

指輪を取り出して確認する。この指輪がどういうものかは、賢者システムでも分からなかった。生活魔法に関係するものではないようだ。呪いの指輪という可能性もあるので、試す事もできない。持って帰って調べてもらうしかないだろう。指輪もマジックポーチに仕舞う。

最後に黒い棒を取り出した。

「何だ、この棒は？」

黒鉄製の棒だと予想したのだが、手に持って違う事が分かった。これは変異したD粒子で作られた棒だったのだ。重さは一キロもないだろう。直径四センチ、長さ六十センチほどである。生活魔法使いはD粒子を制御できる。変異しているとは言えD粒子である。生活魔法使いなら、何らかの使い道があるだろう。

俺は黒い棒もマジックポーチに仕舞った。

「さて、どうやって城を抜け出そうかな？」

取《と》り敢《あ》えず、通路を戻り階段を上る。隠し階段の入り口が見える。オークナイトが居ないか確かめ四階に出た。

「おかしいな。待ち構えていると思っていたのに」

小さな部屋から廊下に出た時、オークナイトが近付いてくる気配がした。しかも、一匹や二匹ではない。団体で現れたのだ。

「もう、オークナイトは……」

さすがにオークナイト狩りには飽きてきた。それに戦い続けるには魔力が心許《こころもと》ないので、逃げる事にする。バルコニーに出て、柵の上から飛び下りる。空中で『カタパルト』を発動し、身体を城壁の方へ放り投げる。一度では距離が足らなかったので、もう一度『カタパルト』を発動。そして、城壁の外に出たと見極めてからは、『エアバッグ』と落下を繰り返して地面まで下りた。

　これは火事の時に経験済みだったので、簡単に成功させた。但し、滅茶苦茶《めちゃくちゃ》怖い。それから地上へ戻り始め、ダンジョンを脱出した時は、夜の十二時を過ぎていた。


　アパートに戻り爆睡。起きたら昼頃になっていた。それほど疲れていたのだ。アクビをしながら出掛ける支度《したく》を始める。魔石の換金《かんきん》と指輪を調べてもらうために、冒険者ギルドに行こうと考えたのである。

「腹が空いたな。途中で何か食べるか」

　アパートの外に出て、近くの定食屋で肉野菜炒め定食を頼む。料理が出てくるまでテレビを見ていると、ニュースキャスターがフランスで新しいダンジョンが生まれた事を報道していた。ダンジョンは今でも誕生しているのだ。不思議な事に消える事もある。人間が活用しないダンジョンは、消える事があるそうだ。ダンジョンを研究している者の中には、ダンジョンは人間から何かを吸収しているのではないかという説を唱《とな》える者も居る。

　昼飯を食べて定食屋を出た俺は、冒険者ギルドへ向かった。昼頃の冒険者ギルドは人が少ない。ギルドが混むのは早朝と夕方なのだ。受付に顔見知りの加藤《かとう》を見付けたので、挨拶をしながら魔石を取り出してカウンターの上に置く。昨日は多数のオークナイトを倒したので、大量の緑魔石〈中〉がカウンターの上に並んだ。

「また、オークナイト狩りをしていたんですか？」

「まあね。でも、もう終わりだよ」

加藤が驚いた顔をする。そして、小声で尋《たず》ねてきた。

「もしかして、オーク城の宝物庫を探し当てたんですか？」

俺は黙って頷《うなず》いた。そして、黒魔石〈小〉と指輪をカウンターに置く。

「指輪を調べてもらいたいんだ」

「ちょっと待ってください」

加藤は魔石と指輪をトレイの上に載せてから奥へ運んでいった。すぐに戻ってきた加藤が、支部長の部屋に来てくれと言う。何だろうと思いながら支部長室へ行く。近藤《こんどう》支部長が、俺が持ち込んだ指輪を見ていた。

「座ってくれ。この指輪なんだが、オーク城の宝物庫で手に入れたというのは本当なのか、確認したい」

「本当です。昨日、オーク城の宝物庫へ行って、オークジェネラルを倒して手に入れました」

近藤支部長が頷いた。

「オークジェネラルだったか」

「そう言えば、大きな狼が居ると聞いていましたが、違ったのでびっくりしました」

「それはソロで入ったからだ。チームで入るとガルムが出て来る」

「ガルム？」

「冥界《めいかい》の番犬と言われている、巨大な犬だ」

巨大な狼ではなく、犬だったらしい。詳しい話を聞くと、そのガルムは眷属《けんぞく》のブラックハイエナを大量に召喚するらしい。

「オーク城の魔物についてはこれくらいでいいだろう。呼んだのは指輪の件だ。この指輪は、『診断の指輪』だと分かった」

診断の指輪というのは、人間の病気を診断する事ができる指輪である。病院などで需要のある指輪らしい。

「そこでオークションに掛けようと思うのだが、どうだろう？」

「冒険者ギルドで換金する事はできないんですか？」

「可能だが、冒険者ギルドが購入するとなると、かなり安くなるのだ。金に困っていないのなら、オークションに出す事を勧める」

金には困っていないから、オークションにするか？　でも、手続きとかが面倒なのだろうか？　俺は手続きについて尋ねた。やはり面倒らしいが、ギルドがサポートしてくれるらしい。

診断の指輪はオークションに出す事になり、換金できるのは二ヶ月後となった。

冒険者ギルドで魔石の代金を口座に振り込むように手続きした後、アパートに帰ってマジックポーチから魔導書を取り出した。そして、魔法レベル12で習得できる生活魔法について調べた。俺の魔法文字の知識では、二割ほどしか読めない。それでも分かった事がある。この魔法は『リモートプレート』と呼ばれているらしい。

俺はワクワクしながら、その魔法陣に集中する。魔導書の魔法陣を半日ほど睨《にら》んで習得。途中で食事やトイレには行ったが、さすがに疲れた。試せるような場所へ行く時間もないので、そのまま寝た。

次の日は、アリサたちと行っている修業の最終日だった。次回から学期期末試験が近いので中断する事にしたのだ。修業が終わった後、俺とアリサたちは一緒に学院へ行った。カリナが呼んでいるそうなのだ。学院の学食へ行くと、カリナと鬼龍院《きりゅういん》校長、それにタイチが待っていた。

「よく来た。さあ、座れ」

校長が俺を自分の横に座らせた。

「頑張っているそうじゃないか。カリナ先生から色々聞いているぞ」

日曜日なので学食は休みなのだが、場所だけ校長の権限で借りたようだ。そして、出前の寿司《すし》がテーブルの上に並んでいる。校長の奢《おご》りだろう。

「今度ジービック魔法学院に、生活魔法部を新設する事になった。顧問《こもん》は望月《もちづき》先生だ」

「生活魔法部の新設……なるほど、クラブ活動で生活魔法を教えるのか。考えましたね」

「グリムが考えた生活魔法の使い方や、『コーンアロー』などを教えたいと思っているのだが、賛成してくれるか？」

「もちろん」

「良かった。そこでグリムの教え子である生徒たちにも、生活魔法部に入って欲しいのだ」

アリサたちは頷いた。

「生活魔法の才能があるのに、燻《くすぶ》っている生徒たちを救おうという事ですね。私は喜んで手伝います」

アリサが答えると、天音《あまね》たちも同意した。

「あたしも生活魔法部に入っていいですか？」

由香里《ゆかり》が尋ねた。カリナが頷いた。

「構わないけど、君島さんは、それでいいの？　あなたの才能は攻撃魔法なのよ」

「野球部にだって、マネージャーが居ます。それに攻撃魔法使いと模擬戦をするのも、練習になると思います」

「そうね、ありがとう」

寿司を食べながら話し合った。生活魔法部で教える生活魔法は、『プッシュ』『コーンアロー』『モゥイング』『ロール』『スイング』『ブレード』『ジャベリン』の七つに絞《しぼ》る事にした。

千佳《ちか》が俺へ視線を向ける。

「グリム先生、お願いがあるんです」

「ん、何だ？」

「『ハイブレード』を教えてください」

千佳が、ゴブリンロードと戦った時の様子を話した。魔力障壁などの魔法を持つ魔物や魔導装備を持つ魔物を相手にする場合、強力な攻撃力が必要だという事だ。俺やアリサたちは、まだ中級ダンジョンの十二層までしか攻略していない。なのに、生活魔法で最高の威力を持つセブンスハイブレードでないと仕留《しと》められない魔物と遭遇《そうぐう》していた。この先に進むには強力な魔法が必要らしい。

セブンスハイブレードの威力を見て、アリサたちに教えるのをためらっていたが、ダンジョンは想像以上に手強《てごわ》いようだ。

「分かった。教えよう」

千佳が珍《めずら》しく笑顔を見せた。アリサが千佳の肩を叩《たた》いた。

「良かったね」

今度はアリサが俺に目を向ける。

「そうだ、まだグリム先生には言ってませんでしたが、私たちゴブリンロードを倒してマジックバッグを手に入れたんですよ」

「そうだったんだ。それで容量はどれくらいなんだ？」

「五百リットルほどです」

「凄いじゃないか」

マジックバッグは容量が少ないものでも、桁違《けたちが》いに高価なのだ。それに一番多いタイプのマジックバッグの容量が二百リットルなので、五百リットルなら立派なものだ。

「そうだ、グリム先生はオーク城を攻略したんですか？」

天音が尋ねた。俺は頷いた。

「ああ、宝物庫を発見して、金庫の鍵を守る魔物を倒して、無事にお宝をゲットしたぞ」

「やっぱり、巨大な狼？」

「いや、違った。ソロで挑戦すると、オークジェネラルが出て来るらしい。チームだとガルムだそうだ」

カリナが驚いた顔をする。

「狼じゃないんですか？」

「冒険者ギルドの支部長から聞いたんだけど、眷属のブラックハイエナを大量に召喚する冥界の番犬だそうです」

天音が納得したように頷いた。

「狼と番犬を間違えたんですね。似たようなものだから」

カリナが苦笑《にがわら》いした。そして、アリサが難しい顔をする。

「しかし、ブラックハイエナを大量に召喚するというのは、厄介《やっかい》ですね」

カリナが頷いた。

「そうね。大きな部屋でも、閉鎖された空間で大量の魔物と戦うのは、厄介なのよ」

由香里がお宝について聞きたがった。

「オークジェネラルが装備していたスケイルアーマーと同じものを手に入れた」

「もしかして、魔導装備ですか？」

「そうだ。それは俺が使うつもりなので、換金しない」

校長が頷いた。

「冒険者を続けるつもりなら、それがいい」

「それだけじゃないんですよね？」

天音が興味津々という顔で尋ねてくる。

「後、Ｄ粒子で出来た黒い棒と指輪を手に入れた」

魔導書については話さなかった。アリサが首を傾《かし》げた。

「Ｄ粒子の棒というのは、どういうものなのですか？」

俺は校長とカリナを見てから、マジックポーチの事を教える事にした。マジックポーチから黒い棒を取り出す。それを見た校長とカリナは、なるほどと頷いた。その棒をアリサに渡す。

アリサは『アイテム・アナライズ』を使った。

「これは『黒意杖《こくいじょう》』と呼ばれる武器で、生活魔法使いならば、形状を変えられるようです。それに非常に頑丈なものです。生活魔法使いにとって、最高の武器になるかもしれません」

天音と由香里が『凄い』と声を上げる。校長が俺に視線を向けた。

「それで最後の指輪は、どういうものなのだ？　まさか、呪いの指輪とかじゃないのだろ」

指輪には様々な効果を持つものが多い。その中で呪いの指輪と言われているのは、『麻酔《ますい》の指輪』『下痢の指輪』『幻視の指輪』『鈍足の指輪』『痛覚拡大の指輪』などである。それらの指輪を嵌《は》めると、付与魔法の『アンロック』を使わないと外せなくなるのだ。

「まさか。『診断の指輪』でした。オークションに出します」

「『診断の指輪』か、億超えは確実だな。……税理士を雇《やと》っているか？」

「必要ですか？」

「当たり前だ。自分で青色申告が書けるのか？」

冒険者は税金についても優遇《ゆうぐう》されていて、ある一定以下の収入だった場合、書類一枚を提出し税金を支払えば終わりなのだ。昨年の分は書類一枚で終わったのだが、収入が何十倍にもなりそうなので税理士が必要になる。

カリナがアリサたちに視線を向けた。

「あなたたちも、税理士が必要なんじゃないの？」

天音は全然考えていなかったようで、うろたえる。

「えっ、税理士。あたしも必要なんですか？」

アリサが溜息《ためいき》を漏らした。

「グリム先生と一緒に、オークナイト狩りをしたから、かなりの収入になったのよ。このまま収入が増えれば、書類一枚で済む限界を超えるかも」

税理士と契約しよう。その時にアリサたちの事も頼むかな。俺がそう言うと、アリサたちから感謝された。

◆◆◇◇◆◆◇◇◆◆

その数日後、俺は『リモートプレート』を試すために冒険者ギルドの訓練場へ来ていた。この魔法を試すのが遅くなったのは、税理士を探して契約したのと、アリサたちに『ハイブレード』の使い方を伝授していたからだ。

『リモートプレート』を起動する。D粒子で形成された八十センチ四方のぼんやりと赤く輝くプレートが空中に現れた。この魔法の特徴は、考えるだけで赤いD粒子プレートを動かせるというものだ。俺とD粒子プレートの間に何か回線が繋《つな》がっているかのような感触が存在する。思考制御できるD粒子プレートは、新しいアイデアではない。『プッシュ』も発動する瞬間、

D粒子プレートが形成される前に思考制御で最初に撃ち出す方向を決める。

今までになかった『リモートプレート』の機能は、D粒子プレートを長時間に渡って維持《いじ》する事と、D粒子プレートが形成された後も自由自在に操《あやつ》れるという事だ。それは繋がっている回線が存在するからだろう。『オートシールド』もD粒子シールドを形成した後に、思考制御していると思われるかもしれないが、D粒子シールドは攻撃に対して自動的に防御しているので、思考制御はしていない。これはこれで高度な魔法なのだ。

俺は心の中でD粒子プレートが動くように念じた。ぼんやりと赤く輝くD粒子プレートは、俺の周囲を回り上下左右に動く。ふと、このD粒子プレートがどれほどの強度があるのだろうかと疑問を持ち、地面近くにD粒子プレートを移動させ、地面に対して水平にすると上に乗ってみた。赤く輝くD粒子プレートは、俺の体重を乗せても壊れないし空中に浮かんでいた。その状態でD粒子プレートを動かしてみた。D粒子プレートはヒュンと動いたが、俺は置き去りにされ地面に投げ出される。

「痛っ」

乗れるようなものではなかったようだ。落ちたショックでD粒子プレートと繋がっていた回線が切れ、D粒子プレートも消滅した。この魔法がダンジョンで使えるかどうというのは微《び》妙《みょう》だ。だが、D粒子の形成物と回線を繋いで操作するという手法は、新しい魔法を創《つく》る時に使えると思った。大きな収穫だと思う。

俺は訓練場にある長椅子に座り、黒意杖を取り出した。

「さて、どういう形にするか」

生活魔法使いの戦い方は、魔装魔法使いとは違う。武器で直接仕留めるという事はほとんどない。手に持つ武器の動きに合わせて、『ブレード』や『ハイブレード』を発動するので、手に持っているのは木刀でも構わないのだ。但し、狂乱ネズミや血吸コウモリにまで魔法を使ってしまったら、魔力が尽きてしまう。なので、小物狩り用の武器は必要だった。

いいアイデアが出ない。取り敢えず、本当に形を変えられるか試してみよう。

俺は黒意杖を細剣の形にしようと考え、精神を黒意杖に集中した。幸いにも『センシングゾーン』を使っている御蔭で、D粒子に対する感知能力が格段に上がっている。その感知能力を使って、黒意杖のD粒子に干渉《かんしょう》しようとする。すると、黒意杖の内部に干渉力が行き渡りD粒子が動き出す。

棒状だった黒意杖が少しずつ変化を開始する。先端がレイピアの切っ先のように細長く伸び始め、柄の部分を除いた黒いD粒子が百二十センチほどの細長い刃となった。少しずつ調整して、俺が完成だと思った瞬間、頭の中に声が響いた。

【この形状を記憶しますか?】

ちょっと驚いた。喋《しゃべ》る魔導装備については聞いた事がある。知性があるという訳ではなく、

魔法的な応答システムらしい。よく分からなかったが、俺は承諾《しょうだく》した。その瞬間、俺の頭の中にセレクトスイッチが浮かび上がった。黒意杖本来の形状と細剣のような形状を切り替える事ができるようだ。

俺はセレクトスイッチを黒意杖に変えた。すると、一瞬で細剣のようだった形状が元の黒意杖に戻った。

「へえー、一瞬で変化するのか」

セレクトスイッチで細剣を選ぶと、また一瞬で黒細剣となる。何度か試してみたが、ほとんど魔力を使っていないようだ。ちょっとしたアイデアが浮かび、俺は木製の標的《ひょうてき》がある場所に移動した。そして、黒意杖を標的に向けた状態で、セレクトスイッチを黒細剣に変える。一瞬で黒意杖が黒細剣に変化し、その切っ先が標的の板を貫いていた。

「これって、本当に最高の武器になるんじゃないか」

俺は何度か試して、標的の板をボロボロにした。

◆◆◇◇◆◆◇◇◆◆

試験が終わり夏休みに入ったアリサたちは、訓練場で生活魔法部に入った部員を相手に生活魔法の説明をしていた。

「生活魔法において、『プッシュ』は基本です。まず皆にはトリプルプッシュが放てるようになってもらいます」

生活魔法部は出来たばかりなので、全員が新入部員なのだが、アリサたちは経験者という事で教える側になった。

「ねえねえ、天音ちゃん。『プッシュ』なんかより、『コーンアロー』の練習をしたいんだけど」

天音たちと同じクラスの豊月美沙《ほうづきみさ》が言った。

「ダメだよ。『プッシュ』は魔物を倒す事もできる大事な魔法なんだから」

「そうなの。アリサは防御用の魔法だって言っていたけど」

美沙が非難するような目でアリサを見た。

「いやいや、アリサが間違っている訳じゃないから。『プッシュ』は防御用として使う事が一番多いの。でも、多重起動を増やせば、魔物も倒せるようになるのよ。グリム先生が剛田《ごうだ》先生に向かって、セブンスプッシュを放ったのを見たでしょ」

「あれと同じものだとは思えないんだけど。私の『プッシュ』は狂乱ネズミも倒せそうにないほど、しょぼいんだもの」

三年の竹内悟《たけうちさとる》が口を挟《はさ》んだ。

「本当に多重起動を増やすだけで、威力が上がるのか？」

アリサたちは、ただの『プッシュ』とトリプルプッシュを実演して、その威力の違いを見せているのだが、自分で実行しないと納得できないという者もいる。

「本当です。トリプルプッシュで威力が上がるのを見せたじゃないですか？」

「そう言われても、『プッシュ』は目に見えないじゃないか。本当にトリプルプッシュなのか、分からなかった」

カリナが笑いながら、天音の横に来た。

「それを確かめるには、魔法レベルを『2』に上げて、ダブルプッシュが使えるようになるのね。夏休みに入ったら、ダンジョンで実戦しますから、参加すればいい」

竹内が不満げな顔をカリナに向ける。

「何で、三年になった今なんです。三年の生徒で生活魔法の才能がある者は、冒険者になるのを諦めて、大学受験の勉強を始めている者が多いんです」

冒険者になるのなら、夏休みはダンジョンで修業するしかないだろう。諦めて大学に行くというのなら、夏休みは勉強に集中しなければならない。カリナも分かっていた。だが、グリムが生活魔法の可能性に気付き、カリナ自身が習い始めたのは最近なのだ。グズグズしていた訳じゃない。

「生活魔法の重要性に気付くのが遅れたのは、学院にも問題があるとは思う。けど、あなたたちは若い。少し遠回りをするくらいの時間はあると思うの。但し、冒険者を諦めて普通の人生を歩むというのも、それはそれでありよ」

　竹内がカリナに真剣な目を向けた。

「先生、グリム先生の生活魔法を習得すれば、本当に冒険者として、一人前になれるんですか？」

「Ｆ級の冒険者になるだけの実力は身に付くでしょう。でも、一人前になれるかは、魔法だけじゃ決められません」

「分かりました。夏休みはダンジョンでの修業に集中します」

「その意気込みは、評価します。ですけど、そんなに気負い込まなくても、大丈夫。生活魔法部のカリキュラムに従って修業すれば、最低限の生活魔法は覚えられるようにするから、勉強も頑張って」

「そ、そうなんですか」

　竹内は勉強など放棄して、生活魔法の修業を始める気だったようだ。


　その頃、校長室に一人の役人が来ていた。魔法学院が開校する事になった時に設立された部署で、魔法教育課というところの役人である。

「鬼龍院校長、来年度から二年と三年にも、生活魔法の授業を行うと聞きました。なぜですか？」

「生活魔法の教育が必要だと感じたからです」

「何を馬鹿な事を。我々が魔法学院を設立したのは、ダンジョンで活躍できる人材を育てるためなのですよ」

校長が役人の鵜崎《うざき》に視線を向けた。

「ええ、もちろんです。私はダンジョンで活躍できる人材を育てるために、生活魔法の授業が必要だと思ったのです」

「分かりませんな。生活魔法はダンジョンでは役立たずというのが、常識です」

「どうやら、あなたの常識は古いようですな」

「古い？　どういう事です？」

「生活魔法は、今次々と新しい魔法が発見され、魔法庁に登録されているのですぞ。それを知らずに、役立たずと言っているのでは、古いという他はないでしょう。それとも新しい生活魔法を知っていましたか？」

鵜崎は顔をしかめた。

「ですが、新しい生活魔法が発見されたとしても、ダンジョンで役立つとは限らないでしょう？」

「いや、すでに新しい生活魔法を習得した生徒が、ダンジョンで活躍しております。先日は、その生徒たちがゴブリンロードを倒しました。驚いたものです」

ゴブリンロードを倒したと聞いた鵜崎は、目を丸くした。

「それほど仰《おっしゃ》るのなら、実際に見せてもらいましょう」

鵜崎は生徒たちが使う生活魔法を見たいと言い出した。

「それを見て納得したら、生活魔法の授業に予算を出してくれるのかね？」

「いいでしょう。ただ私を納得させるだけの魔法を、学院の生徒が使えますか？」

この鵜崎という男は、将来次官になると言われているほど優秀な役人だった。この男を説得できれば、生活魔法の授業に予算が下りるだろう。新しい魔法の授業は魔法陣を購入せねばならず、費用が掛《か》かる。ここで予算がもらえるなら、大歓迎《だいかんげい》なのだ。しかし、鵜崎は魔法教育課の役人だ。数々の魔法を見ているはず。ちょっとくらいの魔法では納得しないかもしれない。

校長はカリナを呼んだ。そして、鵜崎の事を話し、派手な魔法を見せるように頼んだ。

「派手な魔法ですか。生活魔法には、あまり派手な魔法はないんですが」

校長から頼まれたカリナは、アリサたちのところに戻って話を伝えた。

「それだったら、セブンスハイブレードがいいんじゃない」

天音が千佳を見ながら提案した。訓練場にある岩を標的にすれば、派手なパフォーマンスを見せられるだろう。

グリムから『ハイブレード』を伝授された千佳は、懸命《けんめい》に努力して使《つか》い熟《こな》せるようになった。

『ハイブレード』を習得するのも大変なのだが、これを七重起動で発動するのは更に難しかった。なので、セブンスハイブレードができるようになったのは、まだ千佳だけである。校長が鵜崎を連れてくると、カリナは『プッシュ』の練習をしていた部員たちを中断させ、大岩がある場所まで移動した。

「天音ちゃん、何が始まるの？」

豊月美沙が尋ねた。

「よく分からないけど、役所の偉《えら》い人が派手な生活魔法を見たいそうなの」

美沙が首を傾《かし》げた。

「生活魔法に派手なものなんてあったっけ？」

「派手というか、見応《みごた》えのある生活魔法はあるかな」

校長が鵜崎を連れて来た。鵜崎は集まっている生徒たちを見回す。

「この生徒たちは？」

「生活魔法部の部員です。今日は訓練場で練習をしていたのです」

「ほほう、クラブ活動までしているのですか。生活魔法に力を入れているのは、本当のようですな」

校長は頷いてからカリナへ視線を向ける。

「望月先生、先程頼んだ生活魔法の前に、少し生活魔法の基本を見たいそうなのだ」

「分かりました。それでしたら、魔法レベル1で習得できる『コーンアロー』という生活魔法から見てもらいましょう」

カリナは竹内たちに丸太を運んで来るように指示した。訓練場の地面に直径三十センチで長さ百五十センチほどの丸太が立てられる。

「これから、魔法レベル7になるとできるようになる『コーンアロー』の七重起動を発動します。結城《ゆうき》さん、お願い」

アリサは前に出て、左手を丸太に向ける。

「ハッ」

気合と一緒にセブンスアローを撃ち出した。見守っていた生徒たちや鵜崎も、七重化されたD粒子コーンの存在感に気付いた。それほどの存在感がセブンスアローにはあるのだ。D粒子コーンが丸太に命中し、その先端を二十センチほど食い込ませる。だが、それだけではセブンスアローの運動エネルギーを吸収できず丸太を宙《ちゅう》に舞わせた。クルクルと回転しながら飛んだ丸太は、五メートルほど離れた地面に落下。その様子を見ていた生徒たちが、興奮《こうふん》したような顔で拍手を始める。

鵜崎が渋々認めるように頷いた。

「なるほど、これが新しい生活魔法というものですか。確かに魔物に対する攻撃力はあるようですな。ですが、これだけでは、私は納得しませんよ」

「では、もう一つの新しい生活魔法を、ご覧に入れましょう」

カリナが言うと、鵜崎が否定するように首を振る。

「ダンジョンで活躍するには、攻撃も大事だが、守りも大切。生活魔法に守りの魔法はあるのかね？」

カリナが天音をチラッと見てから頷いた。

「生活魔法の守りの基本は、『プッシュ』と『オートシールド』になります」

「『プッシュ』？　あれは使えないと言われた魔法だ。そんなものが守りに役立つのか？」

「分かりました。本当の『プッシュ』の使い方を、実演します」

カリナは天音と体格の良い男子生徒三人を呼んで、打ち合わせをした。男子生徒は小さめの土嚢《どのう》を持って、天音の周りを取り囲み、ほとんど同時に土嚢を天音に向けて投げる。天音は正面から飛んでくる土嚢に向けて、素早くジャブのような掌打《しょうだ》を繰り出すと同時にトリプルプッシュを発動。そして、身体を捻り左右に掌打を繰り出すと同時に連続でトリプルプッシュを放つ。掌打を繰り出す動作がトリプルプッシュを撃ち出す切っ掛けとなっているのだ。全ての土嚢がトリプルプッシュにより、投げた者の方へと弾き返された。

「うわっ」

男子生徒たちは慌てて避ける。土嚢は地面にドサリと音を立てて落ちた。アリサが見ていて微笑《ほほえ》む。

「グリム先生の真似《まね》をしている」

　小刻みのジャブのような掌打に合わせて『プッシュ』を撃ち出すやり方は、最近グリムが始めたものだ。武術の師匠である三橋師範のやり方らしい。この方法に習熟すると『プッシュ』の発動が早くなる。グリムは『掌打プッシュ』と呼んでいた。

「なるほど、防御用の生活魔法だ。認めよう」

　鶫崎が弾き返された土嚢を見て言った。カリナは天音に顔を向けて頷いた。

「それでは、最後に生活魔法にも強力な魔法があるという事を証明しましょう。御船《みふね》さん」

　千佳は訓練場にある大岩から十メートルほど離れた位置に移動し、木刀を構えた。カリナが大岩に近い位置に居る生徒たちに離れるように言った。生徒たちは千佳より後ろに下がる。それを見届けた千佳は、深呼吸してから木刀を上段から振り下ろす。

　それと同時にセブンスハイブレードが発動。木刀の先に形成された長さ十メートルの長大なV字プレートは凄《すさ》まじい加速で振られ、先端部分が音速を超える。衝撃《しょうげき》波が生まれ大岩に激突。セブンスハイブレードは大岩を切り裂いた。そして、切り裂かれた大岩に衝撃波が叩き付けられる。大岩の一部が砕かれ飛び散る。

　次の瞬間、衝撃波の轟音が鶫崎や生徒たちを襲い、遅れて爆風が追撃する。何人かの生徒は爆風で倒れた。爆風が収まった時、鶫崎だけでなく校長やアリサたち以外の生徒たちも顔を強《こわ》張《ば》らせていた。中には青い顔をしている者も居る。

「これが生活魔法だというのか？」

鵜崎が呟《つぶや》くように言った。それを聞いたカリナが、

「これは正真正銘の生活魔法です」

そう言って微笑んだ。

「認めよう。生活魔法使いは、ダンジョンで活躍できるだろう」

5 新魔法開発と宿無し

夏休みに入って間もない頃、俺とアリサたちは冒険者ギルドで合流した。天音《あまね》が俺を見付けて声を上げる。

「グリム先生」

冒険者ギルドの打ち合わせ部屋に入って雑談を始め、俺が水月《すいげつ》ダンジョンのどこまで攻略したかという話になった。

「十三層の砂漠で、階段を見付けられずに止まっている」

十二層で下への階段を発見して下りたら、十三層は砂漠が広がっていた。このエリアだけは冒険者ギルドで地図を売っていない。砂漠だと目印がなくて、地図を作れなかったのだ。

「ギルドの資料にあった中央付近という場所を、探したんだけど、見付けられなかった」

由香里《ゆかり》が何か閃《ひらめ》いたように頷《うなず》いた。

「それはきっと、魔法で探すんですよ」

由香里が言う魔法というのは、攻撃魔法の『マナウォッチ』の事である。この魔法は魔物や魔法装置が放つ魔力を感知するものだ。階段が魔法装置を使っているのなら、『マナウォッチ』で探し出せるだろうと言う。俺はもう一度資料室で十三層の資料を探した。階段の場所について書かれている箇所を探して調べる。

すると、そのページの下に注釈《ちゆうしやく》が付け足されていた。確かに階段を見付けるためには攻撃魔法の『マナウォッチ』か魔力センサーが必要だと書かれていた。注釈を見逃していたのだ。

魔力センサーは付与魔術士が作る魔道具である。確か冒険者ギルドでも売っていたものだ。値段は八十万円ほどだったはず。

「グリム先生、お願いしたい事があるんです」

アリサの頼みは、水月ダンジョンの二十層に居る中ボスを倒す方法を教えて欲しいというものだった。二十層に居る中ボスは、オークキングだという。必ずオークキングが出るとは限らないが、これまでの記録に残っているものは、オークキングが五回、アルティメットリザードが一回だった。オークキングはオークジェネラルより一段上の強さを持つ魔物だという。アルティメットリザードは挑んだ冒険者チームの半数を倒すほどの戦闘力を持っていたと聞いている。

「オークキングか、アルティメットリザード……どちらも強敵だな。どうして、二十層の中ボスを倒さなければならないんだ？」

アリサが俺の目を見詰めて告げた。

「私の兄は冒険者でした。でも、二年前に二十層の中ボス、オークキングに挑んで亡くなりました」

可哀想《かわいそう》だとは思うが、学院の生徒の中には同じような経験を持つ生徒が大勢居るのを、俺は知っていた。それだけ冒険者という職業は危険なのだ。俺の顔が厳しいものになっていた。

「ダンジョンの魔物に、敵討《かたきう》ちというのは無意味だぞ」

「分かっています。でも、オークキングを倒せば、私の中で区切りがつくような気がするんです」

単なる敵討ちではないという事が分かり、俺は協力する事にした。

「協力しよう。だけど、俺もオークキングと戦った事はない。今から調べて少しずつ強くなるしかないぞ」

「はい、よろしくお願いします」

「あたしも協力するよ」「私もです」「あたしもだよ」

天音・千佳《ちか》・由香里が協力を申し出た。

「それじゃあ、十三層に行こう。十四層への階段を見付けておきたい」

まずは、二十層まで到達しないと話にならない。俺たちは水月ダンジョンへ向かった。ちなみに、生活魔法部の活動は続けている。今日は、カリナが三年生を連れて巨木ダンジョンに潜っているらしい。

俺たちは十二層のオーク城近くにある小屋から、十三層へ下りた。砂漠を初めて見たアリサたちは、その広さに驚いたようだ。

「グリム先生、ここを歩くんですか？」

アリサが尋《たず》ねた。この中では一番体力に自信のないアリサは、不安になったらしい。

「ああ、五キロほど歩く事になる」

砂砂漠を五キロ歩くのはキツイ。足元が体重を乗せると崩れるので、普通の地面を歩くより倍以上疲れるのだ。

「由香里、攻撃魔法には、移動に便利な魔法とかないの?」

天音が期待を込めて尋ねた。由香里が少し考えてから、

「『フライ』という魔法で、飛べるようになるけど、一人だけだよ」

天音が溜息《ためいき》を吐《つ》く。

「ダメか。そうだ、グリム先生が車を買って、マジックポーチに入れて持ってくるというのは、どうです?」

この時代、コンピューターや産業ロボットを使って車の大量生産という事ができなくなっている。なので、車の所有者は少なかった。

「無理無理、車がマジックポーチの中に入る訳はないだろ。精々《せいぜい》バイクが限界だ」

「はあ、ダメですか」

さすがの天音も『カタパルト』の連続発動で移動するというのは言わなかった。そんな事をしたら、魔力切れになってしまう。そんな話をしながら歩いていると、サンドウルフに遭遇《そうぐう》した。体重が百キロ以上ありそうな大型の狼《おおかみ》である。素早い動きをするので、攻撃魔法使いは魔法を命中させるのに苦労する。

ただ近付いたサンドウルフは跳躍《ちょうやく》して襲い掛かるというのがパターンになっており、跳躍

したタイミングで掌打《しょうだ》プッシュで迎撃《げいげき》してからクイントサンダーボウルを打ち込み、動けなくなってからトドメを刺せば簡単に倒せる。

この方法は最初の掌打プッシュのタイミングを摑《つか》めるようになるまでが大変だった。オークジェネラルを倒して手に入れた黒いスケイルアーマー『黒鱗鎧《こくりんよろい》』が持つ機能を使って防御力を上げてから、何度も戦って身に付けた技術だった。アリサたちなら『オートシールド』を使って、技術を磨く必要があるだろう。

由香里が俺に目を向ける。

「グリム先生、お見事です。そうだ……生活魔法が魔法レベル5になったんですよ。あたしも『ブレード』『ジャベリン』『サンダーボウル』を覚えたいんです」

どうなんだろう？　由香里の才能は攻撃魔法にあるのだ。生活魔法に寄り道なんかせずに、攻撃魔法を磨くべきなんじゃないか、と思うんだが。俺がそう言うと。

「黒月《くろつき》先輩も攻撃魔法と魔装魔法の二つを勉強しているじゃないですか。攻撃魔法の遠距離攻撃、生活魔法の近距離と中距離攻撃ができるようになれば、無敵です」

由香里がそういう戦闘スタイルを目指すと言うのなら、協力しようと思う。だけど、由香里の場合には、自分だけ仲間外《なかまはず》れみたいなのが嫌だったんじゃないか？　そういう気がする。

「由香里は、凄《すご》く頑張ったんですよ」

天音が由香里の肩に手を置いて言った。この中で一番生活魔法の才能ランクが低い由香里が短期間に魔法レベル5になったという事は、生活魔法を使ってかなりの数の魔物を倒したという事だろう。その努力を思うと断る事はできなかった。

「分かった。でも、攻撃魔法の勉強も手を抜くなよ」

「頑張ります」

由香里が明るく笑う。由香里だけじゃなく、他の三人も別な系統の魔法を勉強している。俺も魔装魔法を修業しよう。それから三十分ほど歩いた時、プチサラマンダーと遭遇《そうぐう》した。プチという名前が付いているのに、全長三メートルほどだ。そして、サンショウウオのような体形でオレンジ色に黒の斑模様がある。注目すべき特徴は、こいつの武器だ。口から炎を吐き出すのである。

「こいつの炎は、七メートルほど伸びるから、それより遠距離で攻撃するのがいいようだ」

「そうなると、『ジャベリン』か『サンダーアロー』ですね」

そうアリサが言うと、千佳が『ハイブレード』もだと言う。千佳は『ハイブレード』が余程気に入っているようだ。

アリサたちはクワッドジャベリンとクワッドサンダーアローで攻撃した。『ジャベリン』が命中した時は、苦しそうにするのだが、『サンダーアロー』が命中すると顔を歪《ゆが》めて笑ったような顔になる。痙攣《けいれん》しているだけだと思うが、どう見ても笑った顔に見える。

「先生、プチサラマンダーは、変態さんなんですか？」

アリサが若干《じゃっかん》青くなった顔で尋ねた。

「いや、違うと……思うけど。それより弱点は頭だから」

それを聞いたアリサが、笑顔で迫《せま》ってくるプチサラマンダーの頭にクワッドジャベリンを叩《たた》き込んで仕留《しと》めた。プチサラマンダーが残した赤魔石を拾ったアリサは、砂漠を見回して溜息を漏《も》らす。

「後、どれくらい歩くのです？」

「これで半分くらいじゃないかな。休憩しようか？」

俺たちは休憩する事にした。ここの気温は三十五度くらいだろう。本当の砂漠に比べれば、大した事はない。ただ水分はこまめに摂取《せっしゅ》する必要がある。俺はマジックポーチから冷たい水が入ったペットボトルを取り出して、アリサたちに配った。このマジックポーチの内部は、時間経過が遅くなっているので、冷やした水を入れておくと冷たさが三日くらいなら保《も》つ。

「グリム先生、『カタパルト』と『エアバッグ』を見せてもらえませんか？」

水を飲み干した千佳が俺に頼んできた。

「ん？　まだ見せていなかったか？」

天音が頷いた。

「まだ見ていませんよ」

「そうか。じゃあ披露《ひろう》しよう」

俺は水を飲み干してから、少し離れた。そして、『カタパルト』で身体を真上に投げ上げた。十メートルの空中に投げ出された俺は、そのまま落下する。そして、『エアバッグ』で落下の衝撃《しょうげき》をバスンと吸収して、地面に下りた。

「凄《すご》い、今のは多重起動していないものですよね」

由香里の質問に、俺は頷いた。

「次は五重起動した場合を見せる。右の方へ飛ぶから見逃すなよ」

クイントカタパルトを発動して、少し斜《なな》め上《うえ》に向けて身体を投げる。その加速度はかなりのもので、身体にG《ジー》が掛かる。魔法が切れて身体が空中に放り出されると、そのまま七メートルほど飛んで着地した。少しよろけたが、倒れる事なく着地できたのでまあまあだろう。俺がアリサたちのところへ戻ってくると、興奮《こうふん》したように喋《しゃべ》っていた。

「凄いです。消えたように見えました」

「これで五重起動なんですか。七重起動にしたら、本当に消えるかも」

消える訳じゃないけど、動体視力が優れている者以外には、消えたように見えるかもしれない。

「これはかなりキツイ衝撃が身体に掛かるから、少しずつ慣れる必要がある。習得するのは、ちょっと身体を鍛えてからだな」

「でも、多重起動しなければ大丈夫じゃないですか?」

アリサが粘る。運動が不得意なアリサは、こういう魔法には憧《あこが》れがあるのだろうか？

「そうかもしれないが、まだ他の魔法にも習熟していないんだ。急ぐ必要はないだろう」

「だったら、『エアバッグ』だけなら、どうです？」

俺は『エアバッグ』だけなら、と許可した。そうなると、教えていないのは『カタパルト』と『リモートプレート』だけになる。

ちょっと焦るような気持ちになった。新しい魔法を開発しよう。休憩を終えて、また歩き出す。途中でアリサが肩で息をするようになった。やはり運動不足のようだ。勉強はできるんだが……ジョギングでもさせた方がいいかもしれない。

その反対に全然疲れた様子を見せないのが、千佳である。道場で鍛えているのだろう。アリサの体力不足は問題なので、ジョギングでも何でも良いから運動するようにアドバイスした。

やっと砂漠の中央付近に到着。由香里に頼んで『マナウォッチ』を使って階段を探してもらう。

「見付けました。こっちです」

由香里に案内されて、その場所に行った。だが、そこは他と変わらない砂だらけの場所だった。

「何もないよ」

天音が文句を言う。由香里は何かを探すような様子を見せた。

「これです」

由香里は砂の中からレバーのようなものを掘り出し、引いた。すると、砂が盛り上がりドーム状の建造物が現れる。

「これじゃあ、見付からない訳だ」

俺が渋《しぶ》い顔をすると、アリサたちが笑う。

「先生が資料の情報を見落としたからじゃないですか」

アリサに痛いところを突かれた。まあ、そうなのだが、人間なのだから見落とす事だってある。俺たちはドーム状の建物のドアを開いて中にあった階段を下りた。初めて見る十四層は、水のエリアだった。階段から外に出ると、大きな湖が広がっている。

「げっ、何だこれ？　泳いで渡れというのか」

十四層についても、冒険者ギルドの資料を調べている。なので、船が必要だという事は知っていた。しかし、ほとんど陸地がないとは思わなかった。

ここは全体が湖で、所々に島があるというエリアだった。アリサが俺に顔を向ける。

「冒険者ギルドの資料を調べたんじゃないんですか？」

「湖があるというのは知っていたんだが、陸地があって、その中に湖があるのだと思っていた。陸地は島しかないとは思わなかったよ」

資料には、陸地に関する事が全く書かれていなかった。なので、当然あると思っていたのだ。

天音が周りを見回す。

「これじゃあ、出直すしかないですね」

俺が頷いて引き返そうとした時、水の中から槍《やり》を持った半魚人マーマンが現れた。俺は持っていた黒意杖《こくいじょう》を突き出し、頭の中にあるセレクトスイッチを黒細剣にする。一瞬で黒意杖が黒細剣に変化し、その鋭《するど》い切っ先がマーマンの胸を貫通した。マーマンが消え魔石が残ったのを、アリサが羨《うらや》ましそうに見ている。

「その黒意杖は凄いですね。私も欲しいです。もしかしたら、魔導装備として売っていますかね？」

どうだろう？　D粒子《りゅうし》製の武器を、初めて俺が手に入れたという事はあるだろうか？　世界のどこかに同じようなものがあるかもしれない。

「魔導装備のコレクターとか居そうだから、そういう人に聞いた方が早いかもしれないな」

「コレクターですか。冒険者ギルドで聞いてみます」

「しかし、半魚人は、弱かったですね」

天音がちょっとガッカリというような感じで言った。

「マーマンは水の中では機敏《きびん》に動けるが、陸上はダメなんだ。ただあまり賢くはない。なので、偶《たま》にこういう結果になる」

ギルドの資料では、ここの湖に居る魔物は、マーマンとブラックゲーターである。気を付けなければならないのは、マーマンの方らしい。マーマンは冒険者の船をひっくり返し、冒険者を水の中に引きずり込み、殺してしまうそうだ。ブラックゲーターという鰐《わに》の魔物は、船に体当たりする事はあるが、マーマンよりは扱いやすいらしい。

俺たちは地上に向かって戻り始めた。また砂漠かとアリサが肩を落とす。地上に戻ったのは、夜の九時頃になった。俺はタクシーを呼んでアリサたちをそれぞれ送ってから、アパートに戻った。

その翌日、昼頃まで寝ていた俺は、起きて着替えると外で食事をしてから銀行に行って現金を下ろした。そのまま冒険者ギルドへ行くと、売店で魔力センサーと魔力カウンターを購入する。魔力カウンターは新しい魔法を創《つく》った時に、その魔力使用量を計測するために購入した。

売店から待合室へ戻った俺は、小野鉄心《おのてつしん》を見付けて話し掛けた。十四層の湖をどうやって渡っているのか知りたかったのだ。

「おう、グリム先生。今日はダンジョンへ行かないのか？」

「昨日、十四層まで行って、戻って来たばかりですよ」

「ああ、あの湖か。船を買ったのか？」

「まだです。どうやって渡るか、検討しているところなんです」

鉄心が愉快《ゆかい》そうに笑った。

「まさか、一人乗り用のヘリコプターでも買おうと言うんじゃないだろうな」

冒険者用のヘリコプターがあるらしい。数百万円程度で買えるらしいので、買えない事もない。普通の冒険者は、冒険者用の丈夫なボートを購入して使っているようだ。マーマンの槍で少しくらい突かれても壊れないボートである。

鉄心と話をして、他の冒険者のやり方が分かった。そのボートは売店では売っていないが、取り寄せる事はできるという。ちなみに、攻撃魔法使いが『フライ』を使って渡るという事は、ほとんどないそうだ。魔力消費が問題となるのだろう。余程魔力量に自信のある者だけが『フライ』で渡るようだ。

俺はアパートに帰って、賢者《けんじゃ》システムを立ち上げた。『リモートプレート』を徹底的に調べ始める。その結果、赤く輝くD粒子プレートは、プレートの周りに魔力をコーティングする事で、その形状を維持《いじ》していると分かった。赤く輝いているのは、その魔力だったらしい。プレートの推進力《すいしんりょく》となっているのは、魔力の制御によりD粒子を変換した運動エネルギーのようだ。

その運動エネルギーはDパワーと呼ばれている。D粒子はDパワーを放出すると崩壊するので、プレートは少しずつ小さくなっている。体内に蓄積《ちくせき》されたD粒子は魔力を発生させ、体外のD粒子はDパワーを放出して崩壊する。D粒子とは不思議な存在だ。

『リモートプレート』において、本来の意味の推進力はDパワーである。そのDパワーの向きを制御するのに魔力を使っているようだ。赤く輝くD粒子プレートを自由自在に動かすために、『リモートプレート』は非常に巧妙《こうみよう》に作られていた。その精密な仕組みは芸術的なほどであり、無駄に高性能だった。

「もっと動きをシンプルにしたら、魔力の消費が抑えられるな」

赤いD粒子プレートは上下左右と前後だけでなく、あらゆる方向へ動く事ができるし、曲線的な動きも可能だった。そのためにかなりの魔力を使っている。俺は新しい魔法を試作する事にした。長さ百五十センチほどで、形状はサーフボードに似ている。但《ただ》し、これは翼なので左右対称である。

俺の意識と形成されたD粒子ウィングの間に回線が繋《つな》がっている。動かしてみる事にした。上下と左回転、右回転、それに前後に動く。動かせるのは、その方向だけだ。

俺は床の上七十センチほどに浮かしたD粒子ウィングの中央に座った。その状態でゆっくりと動かす。俺の体重を支えて動くようだ。これ以上は狭い部屋では試せないので、この魔法はここまでにする。

翌日は三橋師範《みつはししはん》の道場へ行って修業する。

「違う違う。そこはスッと入って、バンと払うんだ」

相変わらず意味不明な指導だが、最近は何を言いたいのか分かるようになっていた。人間は

環境に馴染《なじ》む生物のようだ。俺は蹴《け》りを放った。その足を取られてバランスを崩され、肘が襲い掛かる。胸に肘が叩き込まれ吹き飛ぶ。痛い。凄《すさ》まじい威力《いりょく》を持つ攻撃だったが、俺は起き上がる。普通なら肋骨《ろっこつ》が折れているはずだ。それに耐《た》えられた理由は、俺が黒鱗鎧を装備しているからだ。この魔導装備は、スイッチを入れていなくても、十分な防御力を持っている。

「師範、段々手加減が雑になっている気がするんですが」

「何を言っている。その鎧を装備しているのだ。手加減など必要ないだろう」

「全部の衝撃を吸収できる訳じゃないんです。きっと痣《あざ》になってますよ」

「今のは不用意に蹴りを放ったのが、間違いだったのだ。あれはわざと隙《すき》を作って、誘ったのだからな」

そんな高度な駆け引きは、まだ俺には無理なのに、容赦《ようしゃ》がなさ過ぎる。

空手の修業が終わった俺は、三橋師範を道場に残して冒険者ギルドへ少し寄ってから草原ダンジョンへ行った。三橋師範は、『ジャベリン』を覚えている最中であり、その作業を続けたいそうだ。

草原ダンジョンへ入り、冒険者が居ない場所を探して進む。途中、アタックボア一匹とオーク一匹を倒して、冒険者も魔物も居ない場所を探し当てた。そこで、賢者システムを立ち上げる。仮名として『ウィング』と名付けた魔法を発動する。俺の目の前に赤く輝くサーフボードのような翼が現れた。このような形にしたのは、D粒子がDパワーを解放する時、その表面積が広い方がパワーを発揮《はっき》しやすいからだ。

例えば、純粋なパワーなら『コーンアロー』より『プッシュ』の方が上だ。但し、『コーンアロー』には貫通力があるので、魔物を倒す威力は『コーンアロー』が上になる。

ラジエーターのような形も考えたが、形が複雑になると大量の魔力が必要になるのでやめた。普通に座ってゆっくりと飛び回ってみると、思っていた通りに飛ぶ。ただ急減速する時は、放り出されそうになる。ちゃんとしたシートベルト付きの座席みたいなものが必要なようだ。D粒子で作る事も考えたが、それだと翼が小さくなり推進力が落ちる。集められるD粒子の量には限りがあるのだ。

D粒子ウィングに冒険者ギルドで借りたバーベルの重りを乗せて、どれほどの重さに耐えられるか試して見た。百五十キロの重りを乗せても浮いていたので十分だと判断する。

次にストップウォッチで速度を計測する。体重と同じ重りを乗せて百メートルを飛ばしてタイムを測り、速度を計算する。時速八十キロほどまで出るようだ。但し、速度を上げるとD粒子の消費が激しくなり、魔法の使用時間が短くなる。時速三十キロだと三十分ほど、時速八十キロだと五分ほどしか飛べない。それだけの航続距離があれば、十四層の湖を渡れる。問題は座る部分、乗馬の鞍《くら》のようなものが必要だという事だ。

ちなみに、魔力消費は『リモートプレート』の三割ほどに激減し、魔法レベル8で習得できる魔法となった。

『ウィング』のテスト飛行を終えた俺は、草原ダンジョンを出て冒険者ギルドで職人を紹介してもらう。紹介されたのは、革細工の職人で広末《ひろすえ》という五十代の男性だった。

「ふむ、変わったものを注文するんだな。鞍なんて作るのは何年ぶりか」

「シートベルトで身体を固定できるようにして欲しいんです」

「それはいいが、鐙《あぶみ》はどうする？」

「足は前に投げ出すようにするから、そこで踏ん張れるようにしてください」

「手で身体を支える部分を追加するか？　そのD粒子ウィングというのに取り付けると、折り紙の鶴のようになるな」

想像してみた。確かに鶴の折り紙に似ている。ただ翼の先端が尖《とが》っていない点が違うだろう。

「製作費はどれくらいになりますか？」

「初めてのものだからな。百五十万でどうだ？」

俺は承諾《しょうだく》した。

「こんなものが必要だという事は、十四層の湖か？」

「ええ、知っているんですか？」

「ああ、昔は冒険者をしていたからな。二十層のオークキングとも戦った事があるんだぞ」

「本当ですか。オークキングというのは、どんな化け物なんです？」

「そうだな。厄介《やっかい》なのはオークキングが装備している鎧だ。魔法レベルが『10』以下で習得できる攻撃魔法では、鎧を壊せなかった」

「『プロミネンスノヴァ』でも、ダメだったんですか？」

「ああ、あの鎧は全身を守っているんだ」

オークジェネラルのスケイルアーマーは、上半身しか守っていなかった。だが、オークキングの鎧は足を含めた全身を守るらしい。

「オークキングの身長は二メートル半ほど、硬い石を握《にぎ》り潰《つぶ》すほどの怪力で、トライデントという魔導装備を振り回す化け物だ」

「そのトライデントというのは？」

「魔力砲弾を撃ち出す魔導装備だ。あいつがトライデントを突き出すと、魔力砲弾が撃ち出されるんだ」

「命中したら、死にそうですね」

「当たり前だ。命中したら、確実に死ぬ」

「動きはどうなんです？」

「素早い、それに槍術《そうじゅつ》をマスターしているので、戦いが上手《うま》いんだ。俺のチーム五人が、総攻撃したが倒せずに、『エスケープボール』で逃げた」

「でも、オークキングは人型の魔物だから、一緒に転移するんじゃ？」

「いや、あいつは大きすぎるんだ。『エスケープボール』が人だと判断するのは、身長が二百三十センチまでだ」

歴史上で最も背の高い人は、二百七十二センチだという記録がある。世界には、身長が二百三十センチより高い者が居るだろうが、そういう人物はエスケープボールの転移対象ではない事になる。オークキングの情報を聞き、俺は溜息を漏らした。想像以上に強敵だと感じたのだ。倒すためには『ハイブレード』以上に強力な魔法が必要になりそうだ。そうなると、D粒子一次変異に付与する特性を増やす必要があるかもしれない。

俺は注文を終えて、アパートに戻った。

「どうするかな。前回〈放電〉を追加した時は、酷《ひど》い目に遭《あ》ったからな」

〈放電〉を追加した時に味わった苦痛を思い出し、身震いした。あれは麻酔《ますい》なしで歯を抜かれるような激痛だった。やりたくはないが、新しい特性がないと威力のある魔法を創り出せない気がする。

「待て待て、その前に本当に新しい特性なしで、強力な魔法が創れないか考えよう」

俺は〈発光〉はダメだと諦めた。この発光は閃光弾《せんこうだん》みたいなものなら作れそうだが、強力な魔法にはなりそうにないと感じたのだ。

次に〈放熱〉である。

「熱か、使い方によっては、強力な兵器になるんだから、強力な魔法にもなりそうだけど……」

〈放熱〉の特性を使った魔術は『サンダーアロー』の放熱版しか思い付かなかった。それでは『サンダーアロー』以上の魔法にはならないだろう。大型化すれば威力を上げる事も可能だろうが、習得できる魔法レベルが『9』という制限があるので、セブンスハイブレード以上の攻撃力を持たせられないと思う。

魔法レベル9というのは、現在のアリサの魔法レベルである。これから上がるかもしれないが、アリサが使う事になる魔法なので、魔法レベル9までという制限を付けた方がいいだろう。

「ちょっと待てよ。本当にそうかは分からない。実際に試した方がいいか」

俺は『サンダーアロー』の拡大版と拡大放熱版を試作した。ここで試せないので、ダンジョンへ行って試すしかないだろう。そんな試作をしている間に、アイデアが浮かんだ。対戦車砲弾の中に成形炸薬弾《せいけいさくやくだん》というものがある。爆薬の爆発が爆轟波《ばくごうは》を生み、その爆轟波が銅などの金属を崩壊液状化させる。その液体金属が超高圧で前方に撃ち出される事で超高速噴流『メタルジェット』が生まれ目標を貫通するというものだ。

モンロー・ノイマン効果というものが関係しているらしいが、よく分からない。そこで超高熱で超高圧と爆轟波を作り出し、再現できないか試す事にした。D粒子で形成するのは『サンダーボウル』のように料理で使うボウルの形状をした直径二十五センチほどのものだ。それを開いている方を上にして形成する。

そして、その中に『ロール』を応用して空気の渦《うず》を発生させる。これは空気を吸い込み圧《あっ》縮《しゅく》させるためのものである。高圧縮された空気が出来たら、それを包み込むようにD粒子の形状を砲弾状に変形させる。それを魔物に向かって撃ち出すのだ。その砲弾が魔物に命中した瞬間、〈放熱〉の付与特性が作動して圧縮した空気を一気に加熱。結果、空気が急激に熱膨張《ねつぼうちょう》して砲弾の先端から噴出し、魔物にダメージを与える。

「メタルジェットを発生させるはずなのに、金属だけは魔法で用意できなかったな」

金属は、俺が用意して空気を圧縮している時に投入するしかないようだ。

次の日、途中で銅製のワイヤーとペンチを買って、水月ダンジョンの二層へ向かった。昨日試作した魔法を試すためだ。二層は森林エリアで、オークとアタックボアが居る場所だった。魔物と人が居ない場所で、立木を標的《ひょうてき》として新しい魔法を試してみた。

最初は『サンダーアロー』の拡大版である。D粒子コーンを大型化した事で、スピードと放出される電流は増えたが、魔力の消費量も増えてしまった。威力は三割増しというところだろうか。微妙《びみょう》だ。威力は増したが、それ以上に魔力の消費が増えた。コストパフォーマンスが悪い。ダメだな。という事で、次は〈放電〉の代わりに〈放熱〉を使ったものを試した。

その〈放熱〉バージョンの『ヒートアロー』であるが、トリプルヒートアローで突き刺さった木の幹《みき》に火が点いた。生木は水分があるので燃《も》え難《にく》いのだけれど、高熱で水分を飛ばし火を点けたようだ。威力は微妙だが、魔物の種類によっては有効な攻撃かもしれない。以前に『ヒートボウル』という魔法を試作したが、ボツにした。今回の『ヒートアロー』は保留という事にする。

さて、本命である『ヒートシェル』を試す事にする。まずは、多重起動なしの金属投入なしで試す。D粒子のボウルの中で圧縮空気を作り、砲弾の形にしてから立木に向かって放つ。一度D粒子の形状が決まった後でも変形させられるのは、『リモートプレート』の仕組みである回線による繋がりを応用している。回線で繋がっているから思い通りのタイミングで変形させ目標を定めて撃ち出せるのだ。但し、好きな形に変形させられる訳ではない。決まった形に変形するタイミングを指示できるだけである。

砲弾の形をしたD粒子シェルは、立木に命中した瞬間に先端部分が潰れ高熱を発する。内部にある圧縮空気が爆発したかのように急激に膨張して、潰れた先端部分から押し出される。最後には、D粒子の砲弾自体が膨張する空気の圧力に耐えきれずにバンという炸裂《さくれつ》音を響かせ崩壊する。

圧力に耐えられるように頑丈《がんじょう》にすれば、もっと威力が増すというのは分かっているが、この魔法も魔法レベル9で習得できるようにすると、何かを犠牲《ぎせい》にしなければならないのだ。今回の場合は頑丈さが犠牲になった。命中した箇所を調べてみた。少し窪《くぼ》んでいる。圧力でそうなったようだ。どうやらハンマーで殴ったくらいの威力はありそうだ。

俺は買ってきた銅のワイヤーを適当な長さに切って丸めた。今度はトリプルヒートシェルを発動する。空気を圧縮する時に銅を投入し、立木に向かって放つ。撃ち出されたD粒子シェルは高速で飛翔《ひしょう》。立木に命中した瞬間、ドンという爆発音が響き立木が揺れる。そして、爆風が髪の毛をかき乱した。爆風が収まった後、命中箇所を調べてみると黒く焦げており、深さ五センチほどの穴が開いていた。地面に半分溶けた銅の塊《かたまり》が落ちているのを見付ける。

三重起動で発生する熱では、銅の全てを溶かす事はできなかったようだ。俺は手応《てごた》えを感じて五重起動で試す事にした。クイントヒートシェルを発動し、銅を投入する。同じ立木を狙って撃ち出した。D粒子シェルが消えた。次の瞬間、立木の方でドォンという腹に響くような爆発音がして立木が大きく揺れ、爆風が俺を襲う。それが収まった後に調べてみると、木の幹に直径六センチほどの穴が開いていた。

その穴は直径三十センチほどの幹を貫通している。

「ヤバイ、魔物が集まってきた」

大きな音を立てたからだろう。三匹のアタックボアが、こちらに走ってくる。もちろん、そのアタックボア三匹は瞬殺《しゅんさつ》したが、ここは新しい魔法を試す場所としては相応《ふさわ》しくないようだ。ダンジョン内の木ならば破壊《はかい》しても文句は来ないと思ってここにしたのだが、音で魔物が集まるようだとダメだ。場所を変えよう。

俺は地上に戻って冒険者ギルドに行き、魔法の練習ができる場所がないかを受付で尋ねた。

「そうですね。威力の小さな魔法ならば、冒険者ギルドの訓練場を使われても構わないのですが、威力の大きなものとなると、郊外《こうがい》にある有料練習場へ行くしかないですね」

「有料練習場？」

「地図があるので、差し上げます」

俺は地図をもらって、そこへ行く事にした。そこはバスで三十分ほど行った場所にあった。巨大としか言いようがない施設だ。山をくり抜いて造られた施設には十個の練習場があり、広さによってレンタル料が違うらしい。俺は一番小さな練習場を借りた。小さいと言ってもテニスコートほどの広さがあり、中にはコンクリート製のブロックのような標的が置いてあった。

「コンクリートブロックの標的なんて、初めて見た。何か一部が焦げてるし、溶解してガラス化してるじゃないか」

かなりの高熱に晒《さら》されたようだ。俺は五重起動の『ヒートシェル』から、検証の続きを始めた。まずクイントヒートシェルをコンクリートブロックに放ち、穿《うが》たれた穴の深さを測った。

「深さ二十五センチか。貫通力は凄いな」

俺の中途半端な知識で創り上げた魔法なのに、威力が凄すぎるような気がする。Ｄ粒子が何か威力を上げるような事をしているのだろうか？

俺は砲弾の形状や金属を固定する位置を変えながら、クイントヒートシェルを何度も繰り返した。金属を固定するのは、砲弾の後ろ側に金属が来ると爆発時に液体金属が前方に飛ばないからだ。調査した結果、最適の形状と金属の固定位置が決まった。次に投入する金属の量を変えながら、クイントヒートシェルを何度も繰り返す。最適な投入金属量を調べるためだ。

最適な投入量が判明。最後に七重起動のセブンスヒートシェルを試して終了する事にした。発動すると、ボウルの中でギュンと音を立てながら空気を吸い込み渦を巻く。金属を投入してから砲弾状に変形。コンクリートブロックを目掛《めが》けて撃ち出した。その瞬間にD粒子シェルが消える。さすがに七重起動は飛翔《ひしょう》速度《そくど》も圧倒的に速くなっている。

D粒子シェルがコンクリートに命中した瞬間、内部で超高熱が発生し砲弾の前部にある銅を溶かし液体化する。同時に圧縮された空気が超高熱で熱膨張を開始、それでも吸収しきれない熱エネルギーにより空気がプラズマ化した。急激に熱膨張するプラズマ化した空気は爆轟波となって周囲に広がり、液体化した金属を砲弾の先端部へと弾き飛ばし、メタルジェットとして前方に噴出する。

成形炸薬弾から発生するメタルジェットはマッハ二十にもなると言われているが、このD粒子シェルから発生したメタルジェットが、どれほどの速度かは分からない。成形炸薬弾とD粒子シェルの違いは、D粒子シェルの方は金属が超高温で溶融するという点だ。

ドゴォンと地面が揺れる爆発が起こり、強烈《きょうれつ》な爆風が押し寄せてきた。ここまで凄いとは思っていなかった俺は、後ろによろめく。かなり大きな火炎が周りに広がり、凄まじい威力である事を示す。爆風が収まった後に、俺は標的にしたコンクリートに近寄った。コンクリートに蜘蛛《くも》の巣状《すじょう》のヒビが入り、一メートルほどの厚みがあるコンクリートの標的をメタルジェットは貫通していた。

「何が起きた？　威力が桁違《けたちが》いに上がっているぞ」

空気がプラズマ化した事で威力が上がったらしい。これは化学に詳しい人物に調査してもらった後に分かった事だ。『ヒートシェル』の射程は十五メートル。爆風には気を付けなければならないようだ。

「お客さん、そろそろ時間だけど、延長しますか？」

練習場の従業員が入って来た。

「いや、終わります」

その従業員は頷いてから、コンクリートブロックをチェックした。そして、驚いたような顔をする。

「うわっ、このコンクリートを貫通する魔法なんて初めてですよ」

俺は代金を払って練習場を後にした。さすがに『ヒートシェル』を連発したので疲れた。バスでアパート近くまで戻り、寝た。

◆◆◇◇◆◆◇◇◆◆

次の日は、道場での空手修業である。三橋師範に扱《しご》かれてから、午後から水月ダンジョンへ行く事になった。師範が覚えたばかりの『ジャベリン』を使ってみたいというのだ。

俺たちは水月ダンジョンへ向かい、六層の荒野エリアへ下りた。ここはメガスカラベとキングスネークが居るエリアである。

「師範、無理はしないでください。俺がすぐに交代しますから」

三橋師範が一人でキングスネークと戦いたいと言い出したのだ。魔法レベル5になって『ブレード』と『ジャベリン』を覚えたばかりなので、無理をして欲しくないんだが。

「心配するな。『プッシュ』と『ブレード』があれば、キングスネークなどにはやられん」

三橋師範は自信がありそうだ。メガスカラベと遭遇した。距離があるので『ジャベリン』を試すチャンスだ。俺が師範に目で合図すると、師範が頷き右手を突き出してクワッドジャベリンを放つ。クワッドジャベリンはメガスカラベの脇腹《わきばら》に命中した。だが、致命傷《ちめいしよう》ではない。

メガスカラベは、攻撃したのが師範だと気付いたようだ。師範が俺にだって分かるような殺気または闘気みたいなものを放っていたからだろう。わざと誘っているらしい。メガスカラベが走り寄ってきて、師範に襲い掛かろうとした。それに対して前蹴りと同時にクワッドブレードを放つ。下から擦り上げられたクワッドブレードがメガスカラベの胸から頭に掛けて断ち切った。虫型魔物には下からの攻撃が有効なようだ。

「ふん、昔はこいつを倒すのに苦労したのだがな」

生活魔法を習う前から冒険者だった師範は、以前にもメガスカラベと戦った事があったようだ。

「油断しないでください」

「心配するな。油断などせん」

それから五匹のメガスカラベと遭遇し、三匹をクワッドジャベリンで仕留めた。『ジャベリン』の使い方が分かってきたようだ。

メガスカラベを倒した直後、キングスネークと遭遇した。三橋師範が前に出る。一応初級解毒魔法薬を持っているので、一度嚙《か》まれても解毒できる。キングスネークと三橋師範の戦いが始まった。キングスネークは鎌首《かまくび》をゆらゆらとさせながら、師範の身体に毒牙《どくが》を打ち込もうとする。それを師範が掌打プッシュで跳ね返す。師範の掌打プッシュはクワッドプッシュである。師範は五重起動までできるのだが、四重起動が溜めなし発動できる限界らしい。

何度目かの掌打プッシュが決まり、キングスネークが脳震盪《のうしんとう》を起こしたようによろっとする。その隙を見逃す師範ではなかった。手刀をキングスネークの首目掛けて振ると同時にクワッドブレードを発動。クワッドブレードがキングスネークの首を刎《は》ねた。見事な太刀筋《たちすじ》である。もしかすると、三橋師範は剣術を修業した事があるのかもしれない。

俺たちは七層へ下りる階段まで来た。だが、三橋師範は下りようとはしなかった。

「どうしたんです？」

「実はファントムを倒せる武器を持っておらんのだ」

俺はなるほどと頷いた。

「それじゃあ、骸骨《がいこつ》ダンジョンへ行きましょうか？」

「精霊の泉だな。聖属性付きの武器を持っているのか？」

短剣を抜いたので聖銀製だと分かった。俺は腰の後ろに差している聖銀製短剣を叩いた。

「ええ、これがそうです」

「よし、今から行こう」

俺は次の機会に行こうと考えていたんだが、三橋師範はすぐに行こうと言う。行動的な人だ。

俺たちは急いで地上に戻って、骸骨ダンジョンへ向かった。


骸骨ダンジョンの二層までは問題なく進んだ。三層に下りて、ファントムに遭遇する。俺が聖銀製短剣を抜いてファントムに斬り付けた。

『あううっ』

頭の中に変な声が響いて、怪しい影が消える。

「ほう、そいつは聖銀製短剣だったのか。高価なものを持っているな」

「ボスドロップで、手に入れたものです」

「そうか、ソロでやっていたんだったな。チームで活動していると、ドロップ品は換金《かんきん》するというのが多いんだ」

三橋師範はチームを組んでいたらしい。

「何というチームなんです？」

「『波浪警報』というチームだ」

ふざけた名前のチームだが、冒険者ギルドで聞いた事がある。ベテランD級冒険者チームで、活躍しているようだ。

「生活魔法を習得したら、チームに戻るんですか？」

三橋師範が不機嫌な顔になった。チームのメンバーと喧嘩《けんか》別れでもしたのだろうか？

三層を突破し四層に下りた。ファントムが出ない四層では、三橋師範が活躍した。スケルトンソルジャーとオークスケルトンを相手に大暴れして五層へ下りる。五層にボス部屋がある。そこへ行くと、ツインヘッドスケルトンが復活していた。

「久しぶりのボス戦だ」

三橋師範はやる気満々である。俺は黒意杖を構え、ツインヘッドスケルトンを睨《にら》む。カチャカチャと音を立てながら近付いてくる頭が二つあるスケルトン。俺は『センシングゾーン』と

『オートシールド』を発動した。三橋師範は魔法が発動した事に気付いたようで、何をしたという目で俺を見る。

「魔物の動きを探る『センシングゾーン』と自動的に防御する『オートシールド』です」

「ふーん、そんな生活魔法もあるんだ」

そう三橋師範が言った時、ツインヘッドスケルトンがロングソードの斬撃《ざんげき》を放った。それが師範の頭に襲い掛かる。師範は金属製の籠手《こて》で斬撃を受け流し、掌打プッシュで弾き飛ばす。それが俺はセブンスジャベリンを左の頭蓋骨に向けて放った。その攻撃が頭蓋骨を粉砕する。もう一つの頭蓋骨が残っているので、仕留めてはいない。ツインヘッドスケルトンがショートソードを俺に向けた。その攻撃をD粒子の動きで感じた俺は、後ろに跳び退く。

三橋師範が俺を攻撃するツインヘッドスケルトンに隙を見付けたらしく、懐《ふところ》に跳び込んで手刀の動作を引き金にしたクワッドブレードをツインヘッドスケルトンの首に叩き込む。その斬撃を骨野郎がロングソードで受け止めた。師範はニヤリと笑って掌打プッシュをツインヘッドスケルトンの胸に叩き込んで弾き飛ばす。それを追って跳躍した師範は、ツインヘッドスケルトンの右膝を踏み台にするように、左足で踏み付けて回し蹴りを残った頭に叩き込んだ。それを見て、俺は師範用の生活魔法が必要かもしれないと思った。

回し蹴りで仕留める事などできない。それは師範も分かっていた。ショートソードを握っている骨だけの手にクワッドアローを撃ち込み、ショートソードを弾き飛ばす。ツインヘッドスケルトンの左側が無防備となった。師範はフェイントとして、クワッドアローを頭蓋骨に向けて放った後、一歩踏み込んで上段回し蹴りを放つ、その動作が引き金となってクワッドブレードが発動し、頭蓋骨に斬り込む。ツインヘッドスケルトンはクワッドアローに気付いて躱《かわ》したが、その事でクワッドブレードには気付けなかった。クワッドブレードが頭蓋骨に命中し粉砕した。

「お見事です」

俺は称賛の声を上げる。あまりにも鮮《あざ》やかな勝利だった。俺は生活魔法の威力に頼った力押しの戦い方だが、師範は戦いを主導し、思い通りに魔物を追い込んで仕留めている。師範は俺に向けて頭を下げた。

「どうしたんです？」

「これほど強力な魔物を仕留められたのは、教えてもらった生活魔法の御蔭《おかげ》だ。感謝する」

「俺も空手を教えてもらっているんですから、お相子《あいこ》です」

「いや、儂《わし》の方がもらい過ぎている気がする。もっと厳しく教えようか」

「いえ、それだけは遠慮《えんりょ》します。これ以上厳しくされたら、死にます」

俺たちはツインヘッドスケルトンが何を残したか確かめた。黄魔石〈中〉と金属製の籠手、それにオーク金貨五枚が残っていた。師範が籠手を拾い上げた。聖銀製の籠手だ。三千万円ほどの価値があるだろう。

「その籠手は、師範が使ってください」

「いいのか？　結構価値のあるものだぞ」

俺は魔導装備である黒意杖を突き出して見せる。

「俺が金に困っているように見えますか？　代わりにオーク金貨と魔石をもらいますよ」

それでも師範がだいぶ得なのだが、構わない。師範には感謝しているのだ。

「さて、精霊の泉に行きましょう」

俺たちは精霊の泉に行って、師範が用意した脇差《わきざし》を泉に沈めた。考えるような様子を見せてから、聖銀製籠手も泉に沈める。それを見た俺は、黒意杖を沈めた。D粒子で出来ている黒意杖に聖属性が付与されるかどうかは分からないが、試してみようと思ったのだ。結果として、黒意杖に聖属性が付与された。

◆◆◇◇◆◆◇◇◆◆

三橋師範と骸骨ダンジョンへ行った翌日、アリサたちはタイチと一緒に冒険者ギルドへ来ていた。アリサたちは魔石の換金に来たのだが、タイチはF級冒険者の昇級試験《しょうきゅうしけん》を受けに来たのだ。タイチの魔法レベルは『5』に上がっていた。習得した生活魔法も『ブレード』と『ジャベリン』が増えている。ぎりぎり合格できるかどうかという実力である。ただ魔法レベルを上げるには、中級ダンジョンの魔物が必要な時期に来ていたのだ。ハズレの課題でなければ良いのだが。

タイチが受付に昇級試験を申し込むと、課題は水月ダンジョンの四層に居る山羊《やぎ》人間のサテュロスを倒す事だった。タイチは試験官に連れられて水月ダンジョンへ行った。アリサたちが魔石を換金してから待合室で喋っていると、若い冒険者チームのメンバーが話し掛けてきた。

「君たちは、ジービック魔法学院の生徒かい？」

アリサたちが、その冒険者たちに目を向ける。あまり歳《とし》の変わらない冒険者たちだ。

「そうですが、何か御用ですか？」

アリサが代表して答えた。

「僕たちは学院の卒業生なんだ。君たちの先輩という事になる後藤《ごとう》だ。ちょっと気になる事を耳にしたので、確かめようと思ったんだよ」

「気になる事というと？」

「学院では、生活魔法の授業を来年度から増やすと聞いたんだけど、本当なのか？」

アリサたちは少し警戒した。こういう事を尋ねる者たちは、生活魔法に偏見《へんけん》を持っている人物が多かったからだ。

「そう聞いています。私たちは当然の事だと思っています」

その先輩たちは納得できないという顔をしていた。

「なぜ当然なんだ？　あっ、言っておくが、反対している訳ではない。不思議に思っているだけなんだ」

「生活魔法は、ダンジョンでの戦いにも役立つからです。最近は新しい生活魔法が増えていますから、その影響も大きいです」

先輩たちが新しい生活魔法と聞いて興味を持ったようだ。

「お前たち、何をしている？」

先輩たちの背後から、小野鉄心が声を掛けた。グリムの教え子たちがトラブルに巻き込まれているのではないかと心配して声を掛けたようだ。

「あっ、鉄心さん。僕たちは何もしていませんよ。ちょっと学院の事を聞いていただけです」

先輩たちは鉄心の知り合いだったらしい。事情を聞いた鉄心は、先輩たちを馬鹿にするように見た。

「お前たち、遅れているな。生活魔法は人気上昇中なんだぞ」

「どういう理由で、人気上昇中なのです？」

「多重起動だよ。あれが面白いんだ」

先輩たちは、意味が分からないという顔をしている。

「仕方ねえな。あっ、グリム先生が来た」

鉄心はグリムを見付けると大声で呼んだ。

◆◆◇◇◆◆◇◇◆◆

俺の事を呼ぶ声に気付いて視線を向けた。鉄心だ。アリサたちも居る。

「大声で呼ぶのは勘弁してください。それに先生は要らないですから……何ですか？」

「おう、こいつらが生活魔法に興味があるみたいなんだ」

「へえー、珍しいですね」

「グリム先生。この人たちは、学院の卒業生なんです」

天音が俺に教えてくれた。

「そうなんだ。俺は少し前まで、学院で生活魔法を教えていたグリムだ。よろしく」

話を聞くと、学院で生活魔法の授業を増やすと聞いて、不思議に思っていたらしい。

「それは生活魔法の才能を持っているのに、役に立つ生活魔法を習得せずに卒業する生徒が多いのを問題だと考えたからだ」

学院の卒業生たちは、実際に見なければ納得しないようだったので、訓練場へ行った。

「まずは、『プッシュ』から見てもらおうか」

後藤が否定するように首を振った。

「『プッシュ』は学院で習いましたから、知っています」

「ふーん、だったら七重起動したセブンスプッシュを見た事があるのか？」

「セブンスプッシュ？　いえ、見た事はありません」

俺は土嚢《どのう》を人の背丈と同じくらいになるまで積ませて、土嚢タワーに向けてセブンスプッシュを放った。ブンという風切り音がして、高速で撃ち出されたセブンスプッシュが土嚢タワーに衝突する。土嚢の袋が破け、爆発したかのように土砂を撒《ま》き散《ち》らしながら、土嚢タワーが消滅する。トラックが衝突したかのような破壊力だ。アリサたちは誇らしそうに手を叩き始めた。後藤たちは度肝を抜かれたような顔で破壊された土嚢タワーを見ている。

「これが学院で教えている『プッシュ』の本当の使い方だ。生活魔法も奥が深いだろ？」

「え、ええ。本当に凄いですね。新しい生活魔法もあると聞きましたが、見せてもらえませんか？」

俺はこういう謙虚《けんきょ》な人間は好きだ。学院の教頭とか剛田《ごうだ》とかだったら絶対に見せないが、『オートシールド』を見せる事にした。この生活魔法は魔法庁にも登録しているので、見せても構わないだろう。

「では、生活魔法の防御用に分類される魔法を見せよう。『オートシールド』を発動したら、誰か、そこにある木刀で攻撃してくれ」

「よし、その役目はおれに任せろ」

鉄心が声を上げた。

「魔装魔法は使わないでくださいよ。そんな事をしたら、斬撃が見えなくなりますから」

「分かっているよ。信用しろ」

俺が『オートシールド』を発動し鉄心に合図すると、鉄心が全力で木刀を俺に叩き付けようとした。九枚の中の一枚のD粒子シールドが動いて、その斬撃を受け止める。俺がピクリとも動いていないのに斬撃が受け止められたので、鉄心が驚いた顔をする。それから連続した斬撃が俺に向けて放たれたが、すべてD粒子シールドによって受け止められた。

「これが『オートシールド』だ」

後藤たちは驚き、感銘を受けたようだ。これで生活魔法に好意的な人間を増やせたと思う。後藤たちが生活魔法の授業を増やす事に納得して訓練場を出て行くと、訓練場には俺と鉄心、アリサたちだけが残った。

「グリム先生、十四層の湖を渡る方法は見付かったんですか？」

由香里が質問してきた。

「ああ、見付かったよ」

鉄心が俺の方に視線を向けた。

「おっ、ボートを購入する事に決めたのか？　それとも一人乗り用のヘリコプターか？」

「ボートは買おうかと思っていますが、湖を渡る手段は魔法です」

「ん、魔法？　『フライ』の魔法でも習得するのか？」

「そんな訳ないでしょ。生活魔法で、使えそうなものがあるんです」

「本当かよ。見せてくれ」

アリサたちも目を輝かせた。

「私も見たいです」「あたしも」

「まあ、良いだろう。『ウィング』という生活魔法だ」

俺は『ウィング』を発動した。目の前に赤く輝くD粒子ウィングが現れた。天音が目を丸くしている。D粒子ウィングに座るとゆっくりと飛び始めた。自由自在に飛ぶには訓練場でも狭いので、駆け足くらいの速度で飛ぶ。それを鉄心が追い駆けてきた。

「グリム先生、いやグリム。それには体重制限があるのか？」

「取《と》り敢《あ》えず、百五十キロまでは大丈夫でした」

「習得できる魔法レベルは？」

「魔法レベル8です」

「むっ、手が届かんか」

天音が飛び跳ねて喜んでいる。自分なら習得できると喜んでいるのだろう。俺はD粒子ウィングに取り付ける鞍を製作している事を伝えた。

「あたしは二人乗り用の鞍を作って、由香里と一緒に飛ぶ」

由香里が天音に飛び付いて喜んだ。

「天音、ありがとう。大好きよ」

「何だ、お嬢ちゃんは生活魔法使いじゃないのか？」

鉄心の質問に、由香里が頷いた。

「あたしは攻撃魔法使いなの」

「それなら『フライ』を習得して、飛んで行けるようになればいい」

「でも、やっぱり『ウィング』がいいな。鉄心さんは魔装魔法使いなんでしょ。魔装魔法に飛べるようになる魔法はないんですか？」

「ないな。その代わり、水の上を走れるようになる魔装魔法ならあるぞ」

千佳が微妙な顔をする。アリサたちが飛んでいる下を走っている自分を想像したらしい。

アリサが俺に顔を向けた。

「先程、ボートを買うと言っていましたけど、どうしてです」

「途中で休憩したい場合や、釣り用《つりよう》だな。ダンジョンで釣れる魚なんて居るのか、知らないけど」

それを聞いた鉄心が教えてくれた。

「水月ダンジョンの二十六層の海で、海ピラニアが釣れるぞ」

「……それは絶対に魔物でしょ」

鉄心が肩を竦《すく》める。

その時、訓練場に設置されているスピーカーから、支部長の声が響いた。

「冒険者諸君、緊急事態だ。訓練場に集まってくれ。繰り返す。冒険者……」

俺は鉄心に視線を向けた。

「今のは何です？」

「おれにも分からんよ。半年に一回くらいの割合で、緊急事態が起こる。冒険者の遺体の一部が発見されたというのが、多いんだがな」

俺は顔をしかめた。アリサたちは顔を青褪《あおざ》めさせている。運が悪ければ死ぬ。それが冒険者の現実なのだ。近藤《こんどう》支部長が冒険者たちを引き連れて訓練場に入って来た。そして、集まっている冒険者たちに告げる。

「水月ダンジョンの四層で、宿無しが出た。スティールリザードだ。全長六メートル、全身が鋼鉄のような鱗《うろこ》で覆《おお》われており、高い防御力を持っている。そんな化け物だ」

俺は鉄心に宿無しについて聞いた。

「ダンジョンの階層を跨《また》いで移動している魔物だ。非常に珍しい魔物で、手強《てごわ》い事が多い」

アリサがタイチの事を思い出して慌てた。

「大変です。タイチ君が昇級試験で、四層に行っているんです」

「まずいな」

俺たちが話している間も、近藤支部長の話は続いていた。

「スティールリザードにダメージを与えられるだけの魔法を持っている者、あるいは魔法レベルが『10』以上の魔装魔法使いは、四層に行って欲しい」

どうやら有志だけで仕留めに行こうという話らしい。

「鉄心さん、スティールリザードは、そんなに手強い魔物なの？」

天音が鉄心に尋ねた。

「そうだな。あの化け物は、戦車のように頑強《がんきょう》なんだ。魔装魔法使いの中で倒せるとしたら、特別な魔導武器を持っているC級以上の連中だな」

「攻撃魔法使いなら？」

「魔法レベルが『12』で習得できる『デスショット』以上の攻撃魔法が必要だと聞いた」

『デスショット』という攻撃魔法は、硬い装甲を貫通する徹甲《てっこう》魔力弾《まりょくだん》を発射する魔法である。俺が成形炸薬弾をヒントに『ヒートシェル』を創作したように、攻撃魔法使いの賢者が徹甲弾をヒントに創った攻撃魔法らしい。

集まった冒険者の中で、十名が水月ダンジョンへ行く事を志願した。その中には、俺とアリサたち、鉄心が含まれている。冒険者ギルドが借りたマイクロバスで水月ダンジョンへ向かう。ダンジョンハウスの前に人が集まっていた。

「あっ、タイチ君。無事だったのね」

アリサがタイチを見付けてホッとしたような顔をする。タイチが近寄って来た。昇級試験は合格だったらしい。

「皆さんはスティールリザードを退治に来られたんですか?」

「そうよ。それにタイチ君が、危険な目に遭っているんじゃないかと、心配したんだから」

由香里が言った。

「これで心配事は、一つ片付いたけど……」

スティールリザードの様子を聞くと、四層で暴れているらしい。

「まずいな。四層より下に潜っているチームが戻ってきたら、危険だ」

鉄心が顔を曇らせた。そこに週刊誌の記者クルミが近付いてきた。

「近藤支部長、犠牲者が出たんですか?」

「まだ、分からん」

支部長がクルミの相手をしている間に着替えてから、ダンジョン前に集合した。ダンジョンに入る冒険者は、近藤支部長も含めると十一名である。その近藤支部長が俺の隣に来た。

「グリム、学院の生徒たちは、本当にスティールリザードにダメージを与えられる魔法を習得しているのかね?」

「ええ、教え子たちは、サンダー系の生活魔法を使えますから」

「サンダー系?　ああ、雷撃系の事か」

雷撃系というのが正しいらしい。セブンスハイブレードでもダメージを与えられると思うんだが、スティールリザードの防御力がどれほどのものか分からないので、言わなかった。

「支部長、スティールリザードを仕留めるには、『デスショット』以上の攻撃魔法が必要だと聞きました。このメンバーの中で、そういう攻撃魔法を習得している人は居るんですか？」

俺は気になる事を支部長に尋ねた。

「ああ、Ｄ級冒険者の松本《まつもと》と藤井《ふじい》が習得している。だが、『デスショット』クラスになると魔力消費が多くて、何発も放てないようだ」

何でだろう？　生活魔法の中で一番強力な『ヒートシェル』でも、それほど魔力消費は多くない。生活魔法は基本的にＤ粒子のＤパワーを使うからだろうか？

「そういう事なら、我々が途中で遭遇する魔物を仕留めましょうか？」

俺が露払《つゆはら》い役を申し出ると、支部長が感謝した。アリサたちも俺と近藤支部長の話を聞いていた。

「よし、先頭に立つぞ」

「分かりました」

俺たちは先頭に立ち、魔物の駆逐《くちく》を始めた。生活魔法を使って魔物を仕留めてゆく俺たちを見ていた鉄心と近藤支部長は、圧倒的な勢いを感じたらしい。俺たちは早撃ちの練習をしているので、多少の群れと遭遇しても瞬《またた》く間《ま》に駆逐して進んだ。

「魔物の駆逐速度が速いな。魔法も連発しているし、魔力切れにならないのか？」

支部長の言葉に、鉄心が反応した。

「俺も生活魔法を使い始めて驚いたんだが、生活魔法の魔力消費はかなり少ないんだ」

「ほう、そうなのか。生活魔法について、総合的に見直すべき時期が来ているのかもしれんな」

支部長が見ている前で魔物を倒しながら、三層の階段まで来た。俺たちは四層に下りた。鉄心を含む魔装魔法使い三人が、俺たちに近付いてきた。

「ここから先は、おれたちが先頭に立つ。グリムたちは後ろで休んでくれ」

「了解」

俺たちは最後尾に下がる。

「近藤支部長、スティールリザードは、どれくらい強いんですか？」

「スティールリザードは、人間を簡単に食い千切るほど噛む力が強力だ。それに気を付けなければならないのは、鞭《むち》のような尻尾《しっぽ》の攻撃。それを喰《く》らえば軽くても骨折だ」

動きも素早いらしい。魔装魔法使い向きの敵なのだが、相手の防御力が高すぎて、特別な武器を持っていないと魔装魔法使いには倒せないという。

四層を二十分ほど進んだ頃、攻撃魔法使いの一人がスティールリザードの魔力を感じて警告の声を上げた。

「強力な魔力を感知しました」

冒険者たちの間に緊張が走った。大岩の陰からスティールリザードが現れた。想像していたよりデカイ。体表の鱗は銀色に輝いており、生物というより昔話で聞くロボットのような感じがする。スティールリザードが鉄心に噛み付こうとした。鉄心は人間離れした跳躍力で跳び退き、回避《かいひ》する。その隙にもう一人の魔装魔法使いが風のように飛び込み、聖銀製の槍をスティールリザードの背中に向けて突き出した。

聖銀で作られた槍の穂先《ほさき》が、スティールリザードの鱗にガキッと音を立てて弾《はじ》かれた。信じられないほど高い防御力だ。魔装魔法使いは、魔法を使って筋力を何倍にも増強させた状態で、鋼鉄よりも頑丈で硬い物質である聖銀製の槍で攻撃したのだ。それなのに簡単に弾かれてしまった。

「グリム先生、オークジェネラルと比べてどうですか？」

千佳が質問してきた。

「まだ分からない。チャンスがあれば、セブンスハイブレードを叩き込んでみよう」

千佳が俺に顔を向ける。

「私に試させてください」

「魔装魔法使いたちが、スティールリザードから離れてからだ。それまでは手を出すな」

「分かりました」

鉄心たちとスティールリザードの戦いが激しくなった。ただ魔装魔法使いの武器による攻撃は、ほとんど効かなかった。近藤支部長が大声で指示を出し始める。

「鉄心、もう少し押さえておけるか?」

「長くはダメだ」

「松本、藤井。『デスショット』で仕留めるんだ」

二人は狙いやすい場所を選んで配置についていた。そして、『デスショット』の準備ができた瞬間、支部長の声が飛んだ。

「スティールリザードから離れろ!」

鉄心たちが背中に羽が生えているかのように、大跳躍して退避する。その瞬間、松本と藤井が『デスショット』を放った。微《かす》かに黄色い光を放つ二つの徹甲魔力弾が飛翔し、スティールリザードへと向かう。この徹甲魔力弾は〈貫通〉の特性が付与された魔力により形成されたものだ。徹甲魔力弾は一瞬で魔物との距離を飛び越えた。だが、命中する寸前にスティールリザードが体を捻《ひね》った。それにより徹甲魔力弾が狙った箇所に当たらず、長い胴体《どうたい》の後部に命中。硬い鱗が飛び散り魔物の肉を抉《えぐ》ったが、致命傷にはならなかった。

スティールリザードが痛みで暴れだし、攻撃魔法使いの二人に襲い掛かる。

「いかん、逃げるんだ」

近藤支部長の大声が響いた。体を捻ったスティールリザードの尻尾が鞭のようにしなって、松本と藤井の胴に叩き込まれた。撥《は》ね飛《と》ばされた松本と藤井を、鉄心たちが受け止めて退避する。

スティールリザードは怒り狂って、松本と藤井を追撃しようとした。俺はセブンスサンダーアローをスティールリザードに向けて放つ。セブンスサンダーアローは驚異的《きょういてき》な防御力を誇《ほこ》るスティールリザードの鱗に弾かれた。だが、電流は魔物の体に流し込まれ、ダメージを与える。但し、一時的に動きを止めただけで、すぐに動き出した。

アリサと天音がセブンスサンダーボウルを放った。最初から貫通させるのを諦め、電流だけの攻撃でダメージを与えるつもりのようだ。そして、スティールリザードの動きが止まった瞬間を狙って、千佳がセブンスハイブレードを放つ。セブンスハイブレードの先端が音速を超え、衝撃波を生み出しながら、スティールリザードの上に振り下ろされた。

セブンスハイブレードが銀色の鱗を持つ魔物に命中し四十センチほど食い込んだ。そして、衝撃波がスティールリザードを痛め付ける。普通の魔物なら、四十センチもV字プレートが食い込めば死ぬ。だが、スティールリザードは呆《あき》れるほどタフで大きかった。とは言え、体液が流れ出し動きもぎこちないものになっている。

それを見た鉄心は、心底驚いた。

「マジかよ。凄え」

近藤支部長も目を見開いて驚いていた。俺はトドメを刺す事にした。

「トドメは、俺に任せてくれ。試したい新しい生活魔法があるんだ」
俺はセブンスサンダーボウルと『ライトニングボム』で攻撃するように指示した。三つのセブンスサンダーボウルと『ライトニングボム』がスティールリザードを襲い、感電させた。魔物の動きが止まった時、セブンスヒートシェルを発動する。ボウル状のD粒子に金属を投入し砲弾状に変形。スティールリザードの心臓がある辺りを目掛けて撃ち出した。その瞬間にD粒子シェルが消えたように見えるほどの速度で飛翔する。

D粒子シェルがスティールリザードの側面に命中した瞬間、超高熱が発生し銅を溶かし液体化。圧縮された空気も超高熱でプラズマ化し爆発的に膨張する。急激に熱膨張したプラズマは爆轟波となり、液体化した銅をメタルジェットとして前方に噴出させた。ドゴォンと爆発音が響き、爆風が押し寄せてきた。何が起きるか知らなかったアリサたちは、尻餅《しりもち》をついた。それは支部長たちも同じで、警告しなかった事を後悔する。

爆風が収まった時、スティールリザードの胴体をメタルジェットが貫通し、背後にあった岩にめり込んでいた。倒れたスティールリザードの姿が消える。地面にペタンと座り込んでいたアリサたちが、一斉に俺の方へ視線を向けた。

「……グリム先生、今のは?」

由香里が目を見開いたまま、俺に質問した。

「『ヒートシェル』という新しい生活魔法だ」

「……凄い、凄い。滅茶苦茶《めちゃくちゃ》凄いです」

天音が感動したような顔で、俺を見た。その時、負傷した攻撃魔法使いの事を思い出した俺は、松本と藤井のところへ駆け寄った。

「大丈夫ですか？」

二人には初級治癒魔法薬を飲ませたらしい。内臓の傷はだいぶ回復したようだ。だが、骨折は初級治癒魔法薬では治らない。

「高価な鎧が二人の命を助けたようだ」

支部長がホッとしたように言った。そして、スティールリザードが倒れた辺りに視線を向ける。

「グリムたちは、宿無しが何か残してないか探してくれ」

「宿無しもボスドロップのようなものを残すんですか？」

「残す時もある。まあ、特別な魔物を倒すと、何らかのアイテムを残すものだ」

残してもおかしくないほど、スティールリザードは手強かったという事だろう。俺たちは何か残っていないか探した。と言うか、すぐに目に入った。銀色に輝くスティールリザードの皮が落ちていたのだ。全長が六メートルもある化け物の皮である。

次に魔石を見付けた。黒魔石〈中〉だ。これだけで三千万円くらいにはなるだろう。最後に天音が、魔法薬が入っているらしい入れ物を発見した。アリサが『アイテム・アナライズ』で確かめる。

「嘘《うそ》っ、これは上級治癒魔法薬よ」

上級治癒魔法薬は滅多に手に入らない魔法薬である。オークションで数千万円の値段が付いたと聞いた事があった。万能薬と呼ばれる薬ほどではないが、どんな大怪我《おおけが》でも治療する事ができるらしい。それに損失した指などを再生できると聞いている。但し、病気を治す効果はない。

俺は皮を丸めて担《かつ》ぐと支部長のところへ行った。

「支部長、ドロップ品は、この三つでした」

近藤支部長が皮と魔石、魔法薬を見て頷いた。

「その魔法薬らしいのは、何だろう？」

支部長の疑問に、アリサが答えた。

「上級治癒魔法薬です」

少し驚いたような表情を浮かべ、支部長が頷いた。

「ほう、君は『アイテム・アナライズ』ができるのか。優秀だな」

負傷者を魔装魔法使いたちが担いで戻る事になった。地上に戻ると、救急車が呼ばれ、二人は病院へ運ばれた。それを見送った鉄心が、俺のところへ来た。

「グリム、最後に仕留めた魔法は、何だ？」

「『ヒートシェル』という生活魔法です」

「生活魔法に『デスショット』並みの魔法があるのかよ。恐るべしだな」

俺たちは冒険者ギルドに戻り、支部長の部屋で労われた。

「怪我人《けがにん》は出たが、死者を出さずに宿無しを倒せたのは、君たちの御蔭だ。感謝する。ギルドからも、それなりの報奨金《ほうしょうきん》を出すつもりだ」

ギルドから報奨金が出ると聞いて喜んだ。それに気付いた鉄心が、

「グリム、ギルドから出る報奨金なんて、大した事はないんだ。それより、ドロップ品だ。三つあるから、仕留めたグリムが、一つもらう権利がある」

と教えてくれた。魔石を含めて三つ以上のドロップ品があった場合、仕留めた者が一つ選んで自分のものにできるらしい。初めて知った。近藤支部長が遠慮せずに選べというので、俺はスティールリザードの皮を選んだ。この皮は驚くほど頑丈なのに、鋼鉄ほど重くはなかった。これで俺用の脛当《すねあ》てやアリサたちの防具を作ろうと思ったのだ。これから先、水月ダンジョンの先に進むには、アリサたちの防具が貧弱《ひんじやく》だった。それをスティールリザードの革を使った防具で補強しようと考えたのだ。

スティールリザードの皮以外のドロップ品は換金して、支部長が貢献度に合わせて金額を分配した。この貢献度の判定を批判する事は、冒険者の間ではタブーになっている。支部長はギルドで決められている基準に照らして判定しているからだ。

その後、支部長の奢《おご》りでご馳走《ちそう》になる事になった。普段は行けないような高級料理店で、和食を食べた。もの凄く美味《おい》しかったのだが、後半になると鉄心たちが酒を飲んで騒ぎ出したので、俺たちは先に帰る事にする。

翌日、俺はスティールリザードの皮を生活魔法の『タンニング』で鞣《なめ》し、それを持って革細工職人の広末《ひろすえ》の工房へ行った。

「ん、この前のお客さんか。まだ鞍はできてないぞ」

「違うんです。鞍じゃなくて、スティールリザードの革を加工できるか確認したかったんです」

「スティールリザードの革だと……持って来たなら、見せてくれ」

俺はスティールリザードの革を、広末に見せた。

「ほう、こいつは本物だ。スティールリザードの革を加工できる職人は、日本に十人も居ないんだぞ」

「そうなんだ。それで広末さんは?」

「その十人の中に入っているに決まっているだろ。偏屈《へんくつ》なんで、客は少ないがな」

自分が興味を持った仕事しか引き受けないらしい。前回の鞍は、偶々《たまたま》広末が興味を持ったようだ。これほどの素材を加工するとなると、魔道具が必要であり製作費も高くなるようだ。俺の脛当てがいくらになるか尋ねると、二百万だと言う。スティールリザードの革を加工するには、それなりの技術が必要なのだろう。

ちなみに、アリサたちが鎧を注文した時、広末は一人百万円で良いと言った。俺が睨むと、

「男からはぼったくり、女性にはサービスするというのが、儂のポリシーだ」

そう堂々と広末が言い放った。ここまで堂々と言われると、言い返す気力がなくなる。

「グリム先生、本当にスティールリザードの革を使っていいんですか？」

天音が確認してきた。

「スティールリザードを倒せたのは、皆が協力してくれた御蔭だ。俺だけで倒すのは難しかったはずだ。遠慮する必要はない」

天音たちも防備に関しては不安に思っていたので、俺の申し出は嬉《うれ》しかったようだ。俺たちは正式に注文してから、クルミさんに聞きましたか？」

「そう言えば、クルミさんに聞きましたか？」

由香里が質問してきた。

「ん、何の事だ？」

「今週の渋紙《しぶかみ》ダンジョンに、先生や私たちの活躍が載るそうです」

アリサたちから宿無し退治の様子を聞いたクルミは、それを記事にしたそうだ。もちろん、俺がスティールリザードを生活魔法で仕留めた事も載るという。

「それにしても、『ヒートシェル』は凄かったです。最初に何か入れましたよね。何を入れたんです？」

アリサが気になった事を尋ねてきた。

「あれは金属の銅だ。あの魔法は液体化した金属を、魔物に向かって高速で撃ち出す魔法なんだ」

俺とアリサたちは魔法の話をしながら、冒険者ギルドへ行った。すると、支部長が呼んでいるという。アリサたちを打ち合わせ部屋に残し、支部長室へ行く。

支部長が一人で待っていた。

「オークションに出した『診断の指輪』が売れた」

値段は二億近い金額だった。顔がニヤけるのを抑えられない。それを見た支部長が釘《くぎ》を差してきた。

「私からの忠告だ。無駄遣いはするなよ」

「家を買おうかと考えているんですが」

「どんな家だ？」

俺は目を付けた元冒険者の家の話をした。

「やめておけ。練習場所が欲しかったら、市内にレンタル練習場がいくつかある。それを借りるようにして、その近くにマンションでも借りて住めばいい」

「なぜです?」

「道場付きの家という点が、気に入ったんだろう。だがな、すぐに物足りなく思うようになる。元の持ち主も物足りなくなって、売りに出したんじゃないか」

「今、空手を習っているんで、それを練習する場所が欲しかったんですよ」

「生活魔法に空手を取り入れているようじゃないか。それだと単なる道場じゃなくて、生活魔法が使える練習場が欲しくなるぞ」

「そうですね……でも、空手を練習する場所だけでも、確保したかったんですけど」

「やめておけ。先程も言ったように、きっと生活魔法を使える練習場が欲しくなる」

支部長の話を聞いて、そうかもしれないと納得した。急いで家を買う必要はないのかもしれない。但し、今のアパートは引っ越して、もっと広い部屋を借りよう。

「あと、これが来ておったぞ」

支部長が渡してくれたのは、魔法庁からの手紙だった。礼を言って受け取る。中身は見ずに仕舞う。支部長に言われて、オークションの代金を受け取る手続きをした。これで銀行口座に振り込まれるはずだ。

支部長の部屋を出て打ち合わせ部屋へ行くと、アリサたちが楽しそうに話していた。

「皆、『エアバッグ』の魔法は覚えた?」

「覚えました」「あたしも」

アリサたちの全員が『エアバッグ』を覚えたようだ。この魔法を習得できる魔法レベルは『4』なので、由香里も覚えられた。

「よし、万一の時の対策もできたという事で、三人には『ウィング』の魔法を覚えてもらおう」

由香里は魔法レベル8に達していないので、他の三人に魔法陣を渡す。『ウィング』を習得し、新しい装備が出来たら、水月ダンジョンの十四層にある湖を渡る予定だ。

「『カタパルト』はまだなんですか？」

千佳が尋ねたので、俺は頷いた。

「魔法レベル4で習得できる『エアバッグ』、魔法レベル8の『ウィング』、そして、魔法レベル9の『カタパルト』という順番がいいだろうと思う。少し空を飛ぶという事に慣れてから、『カタパルト』を覚えた方がいい」

俺はアリサたちの予定を聞いた。

「夏休みの前半は、生活魔法部の活動があるので、一緒にダンジョンへは潜れそうにないです」

アリサたちは三年生の部員を鍛える手伝いをするらしい。集中的に鍛えて、F級冒険者にするのが目標のようだ。

アリサたちの鎧や鞍も、すぐには完成しないだろうから、ちょうどいい。俺はアリサたちと別れて、アパートへ帰った。そして、魔法庁から届いた手紙を開ける。魔法庁に登録した魔法の直近三ヶ月分ライセンス料を銀行口座に振り込むと書かれていた。

その金額は『コーンアロー』が二十万円を超えていた。少しずつだが増えているようだ。生活魔法を使う冒険者が増えているのだろう。

他の魔法のライセンス料は大した事はなかった。だが、学院で教えるようになれば増えるはずだ。俺は金額より、生活魔法を使う人が増えたという事が嬉しかった。

6 透明な魔物

俺が空手を習っている三橋師範《みつはししはん》は、武道界に友人が多い。その中に埼玉県で合気道の道場を開いている朝比奈信繁《あさひなのぶしげ》という師範が居た。その人物から助けて欲しいと連絡が来たらしい。三橋師範と俺は埼玉に行く事にした。

俺が同行するのを決めたのは、合気道という武道と埼玉にある神流《かんな》ダンジョンに興味があったからだ。神流ダンジョンは中級だが、その五層には初級治癒魔法薬をドロップするビッグウィーゼルという大イタチの魔物が居る。俺は初級治癒魔法薬の在庫を増やそうと考えており、ビッグウィーゼル狩りをしようと計画したのだ。

「朝比奈師範は、どういう人なんです？」

「不器用な武道家だが、合気の真髄《しんずい》を体得《たいとく》した人物だ。その彼から道場の近くにある森に、魔物が棲《す》み着《つ》いたのではないかと、相談されたのだ」

「ダンジョンの外に魔物ですか。魔物がダンジョンの外に出る事は、稀《まれ》にありますからね。でも、どうして冒険者ギルドへ通報しないんです？」

通報すれば、ギルドは冒険者を派遣して確かめるはずだ。

「通報して冒険者が調べたのだが、魔物が見付からなかったらしい。しかし、その後も魔物の気配を感じる事が何度もあったようだ」

優秀な武道家の気配を察知する能力は馬鹿にできない。そう考えている俺は、単なる勘違いだとは思わなかった。ただ魔物かどうかは、まだ分からない。

6　透明な魔物

電車とバスを乗り継いで埼玉の神流湖近くまで行った俺たちは、バスを降りてからは歩いて向かう。朝比奈師範の道場は、町から少し離れた郊外《こうがい》にあった。周りが農地で、朝比奈師範も本業は農家らしい。合気道の道場は伝統と技を守るためだけに続けているという。

道場の傍《そば》にある母屋《おもや》に向かった俺たちは、呼び鈴を鳴らす。それに応《こた》えて出てきたのは、四十代の髭《ひげ》を生やした中年男性だった。ボディビルダーのような体格ではないが、それなりに鍛えられた身体の持ち主のようだ。それはちょっとした動きで分かる。

「おお、久しぶりだな」

「七年ぶりほどだ。元気にしているようで良かった」

三橋師範の言葉に朝比奈師範が肩を竦《すく》めた。そして、三橋師範が俺の事を紹介する。

「よろしくお願いします」

「こちらこそよろしく」

それからちょっとだけ立ち話をした。今でも合気道を教えているのだが、近くの森に魔物が棲み着いてしまったので、通って来る道場生に森には近付かないように注意しているらしい。それでも心配なので、冒険者をしている三橋師範に相談したようだ。俺たちは母屋に入り、お茶を飲みながら話を始めた。

「その魔物を見たのか？」

三橋師範が確認した。朝比奈師範は溜息《ためいき》を漏らし、首を振った。実際に目で確かめてはいないらしい。

「目では確認しておらんが、間違いなく何かが居る。それが魔物かどうかは、確証がない」

三橋師範が俺に視線を向けた。

「どう思う？」

「調べてみないと、何とも言えません」

「そうだな。調べてみよう」

俺と三橋師範は、朝比奈師範の案内で問題の森へ行った。季節は夏の終わり頃である。まだまだ暑いが、時折涼しい風が吹く。薄暗い森の中に入ると、空気が涼しくなった。この森にはタヌキや猪《いのしし》が居るという。俺は用心のために黒意杖《こくいじょう》を取り出した。

獣道を進んでブナの木が多数ある場所まで来た。その時、三橋師範と朝比奈師範が一つの方向を同時に向く。

「何か居る」

三橋師範が鋭《するど》い視線を向けながら呟《つぶや》いた。それを聞いて朝比奈師範が頷《うなず》く。

「私が感じた気配だ。私の勘違いでないと分かってくれたか？」

「そのようだな」

マジか？　三橋師範と朝比奈師範は気配を感じているらしいが、俺にはさっぱり分からない。

どうしたら？　そうだ、D粒子《りゅうし》センサーを使ってみるか。『センシングゾーン』を発動すると、D粒子センサーが働き始め、周囲の様子を感じられるようになる。そして、D粒子センサーの先端が何かを捉《とら》えた。だが、次の瞬間逃げて行った。

「逃げたようだな」

三橋師範が言い、朝比奈師範が頷《うなず》いた。何で分かるんだ？　どれだけ敏感な感覚なんだよ。三橋師範は五感を磨けば分かるようになるというのだが、俺には第六感を持っているとしか思えなかった。

「追いましょう」

そう言った俺は、逃げた何かを追い始めた。そして、またD粒子センサーがそれを捉えると、地面から石を拾って何かに向かって投げる。その石に気付いた何かは石を避けると、また逃げ出した。今度は完全に見失ってしまったようだ。

「グリム、まだまだだな。攻撃するなら、一撃必殺を狙うのが基本だぞ」

「しかし、まだ相手の正体も分かっていないんですよ」

「日本に棲み着いている野生の動物で、あんな事ができるものは居ない。あれは魔物だ。だったら、早めに始末するのが賢明だ」

三橋師範が断言するように言った。そう言われると、猪やタヌキのような野生動物ではなかったと思う。やはり魔物だろうか？　だったら、早めに始末しなければならないという三橋師範の意見にも納得できる。

その後、二日ほど朝比奈師範の家に泊まって森の魔物を捜したが、発見できなかった。

「森から移動したのかもしれんな」

朝比奈師範が言い出した。そうなると、どこを捜したら良いか分からない。そこで戻って来るのを待つ事にする。その待つ間に、俺は神流ダンジョンへ行って五層のビッグウィーゼル狩りをする事にした。三橋師範は朝比奈師範と技術交流をするために、道場で修業するそうだ。

俺は神流ダンジョンの近くにある冒険者ギルドへ行ってダンジョンの資料を調べた。五層までには問題になりそうな魔物は居ないようだ。但《ただ》し、五層のウィーゼルの森と呼ばれるところは、『魔の森』とも呼ばれているらしい。そう呼ばれているのは、ウィーゼルの森で時々行方《ゆくえ》不明者が出るからだ。

「あんた、見ない顔だな」

俺が資料室で神流ダンジョンの事を調べていると、地元の冒険者が声を掛けてきた。二十代後半の攻撃魔法使いらしい冒険者である。

「ええ、初めて神流ダンジョンに潜ります。榊《さかき》です」

「何を狙っているんだ?」

「五層のビッグウィーゼルです」

「ああ、初級治癒魔法薬が欲しいのか。だが、ソロでウィーゼルの森は危険だぞ」

「『魔の森』と呼ばれているそうですね。原因は分かっていないんですか？」

その冒険者が顔をしかめた。

「残念ながら分かっていない。ビッグウィーゼル狩りより、リザードソルジャー狩りの方が堅実だぞ」

それは分かるが、俺が欲しいのは初級治癒魔法薬なのである。リザードソルジャー狩りをして金を貯《た》めて初級治癒魔法薬を買うという方法もあるが、それなら渋紙《しぶかみ》市でもできる。埼玉まで来てリザードソルジャー狩りをしようとは思っていなかった。

「そんなに危険なのですか？」

「今まで五人の冒険者が行方不明になっている」

「分かりました。気を付けます。ところで、あなたは？」

「桐生《きりゅう》だ」

そう言って俺を値踏《ねぶ》みするように見てから、桐生は出て行った。

「おかしな男だ。何も調べずに資料室から出て行ったぞ。何のために資料室に来たんだ？」

俺に警告するためだけに来たのだろうか？　そんなお人好《ひとよ》しには見えなかったのだけど。まあいい、俺には関係ない事だ。そう思って調査を続け、五層までの地図を購入した。

神流ダンジョンへ移動して着替えると、ダンジョンへ入った。一層は荒野が広がっており、遭遇《そうぐう》する魔物はゴブリンや狼《おおかみ》系《けい》の魔物が多い。五分ほど進んだところで五匹のゴブリンと遭遇。俺を見た瞬間、こちらに走り出したゴブリンたちに向かって三重起動の『ジャベリン』で攻撃。攻撃が命中したゴブリンが倒れ、魔石を残して消える。

仲間を殺されたゴブリンが甲高い声で叫びながらスピードを上げる。そして、五メートルの距離まで近付いた時、三重起動の『ブレード』を発動してD粒子で形成された刃を横に薙《な》ぎ払《はら》う。ちょうどゴブリンの首の高さだったので、先頭二匹のゴブリンが首を切られて倒れた。その後ろの二匹のゴブリンが地を蹴って跳び上がり、空中から俺に襲い掛《か》かる。

そいつに向かって三重起動の『プッシュ』を発動し、D粒子プレートで撥《は》ね飛《と》ばした。残ったゴブリンも跳躍《ちょうやく》して棍棒《こんぼう》を俺に向かって振り下ろす。それを横にステップして躱《かわ》し、ゴブリンが着地した瞬間を狙って頭に蹴《け》りを叩《たた》き込《こ》むと、空中で一回転したゴブリンが偶然にも足から着地した。だが、ダメージが大きかったらしく、そのゴブリンはふらふらしている。

その間に『プッシュ』で撥ね飛ばされたゴブリンが起き上がり、俺に襲い掛かろうと走り出す。ところが、その前方にふらふらしたゴブリンが割り込んだ。俺を殴ろうとして振《ふ》り被《かぶ》った棍棒が、後ろから来たゴブリンの頭を直撃。二匹はぶつかってもつれるような感じで一緒に倒れた。

「何をやっているんだか」

6　透明な魔物

　俺は倒れた二匹に戦鉈《せんなた》でトドメを刺し、魔石を回収してから再び進み始める。

　一層の階段を見付けて下りると、二層に広がる草原が目に入った。ここにはアタックボアなどの魔物が多かったが、『プッシュ』と『コーンアロー』を駆使《くし》して魔物を倒し攻略した。それから三層、四層と順調に進み、やっと五層に辿《たど》り着いた。

　五層は森だった。この森にビッグウィーゼルが居るはずなので、慎重《しんちょう》に進み始める。足元を見るとどんぐりのような木の実が落ちている。周りの木は椎《しい》の木《き》に似ており、たくさんの実が生《な》っていた。戦鉈を手に持ち森を進むと、棍棒を持ったオークと遭遇する。相手はまだ俺に気付いていない。そこで俺は木の陰に隠れてやり過ごしてから、後ろに回り込んで近付く。もう一歩で間合いに入るという時、気配を感じたオークが振り返った。俺は慌てて戦鉈の刃をオークの首に叩き込む。その一撃でオークの息の根が止まった。

「ふうっ、びっくりした。やっぱり近付くと気配で分かるのか」

　と言って、魔法で攻撃しようとすると、魔力に気付く魔物も居るので不意打ちは難しくなる。どうしたらいいんだ？　……そうだ、早撃ちの練習を続けて気付かれた時には魔法が発動しているほど早くなれば、不意打ちが成立する。俺は早撃ちに磨きを掛ける事にした。

　ビッグウィーゼルを探して森を歩き回り、ちょっと疲れたので休もうと立ち止まった時、何もない空間の空気が動いた。それをD粒子のゆらぎとして感じた俺は、咄嗟《とっさ》に後ろに跳んだ。

その直後、今まで居た空間を何かが横切る。まるで、鋭い刃物が通り過ぎたような音が聞こえた。

俺は『センシングゾーン』を発動する。すると、俺より少し大きいくらいの魔物の姿が頭の中に浮かび上がる。俺のD粒子センサーはそれほど精密ではないので、身を隠している魔物の正確な姿は分からない。ただ昆虫系の魔物のような気がする。

五重起動の『ブレード』を発動し、D粒子の刃を見えない敵に向かって横に薙ぎ払う。手応《てごた》えを感じたが、仕留《しと》められずに逃げたようだ。

「何だったんだ?」

それからビッグウィーゼル探しを続ける。最初にビッグウィーゼルを見付けたのは、小川の近くだった。虎ほどの大きさをしたイタチである。イタチ科のペットであるフェレットは可愛《かわい》いが、この大イタチは凶暴そうだった。爪は鋭く口には立派な牙《きば》がある。

ビッグウィーゼルは俊敏な動きで跳躍して襲い掛かってきた。五重起動の『プッシュ』を発動し、D粒子プレートでビッグウィーゼルを弾《はじ》き飛《と》ばす。イタチ特有の長細く柔軟な身体を捻《ひね》って地面に着地するビッグウィーゼル。そいつが殺意を込めた目を俺に向け、唸《うな》り声《ごえ》を発しながら再び飛び掛かってきた。

五重起動の『ブレード』を発動し、D粒子の刃が弧《こ》を描いてビッグウィーゼルの首を切り裂く。その死体が光の粒となって消えると魔石が残った。俺は魔石を拾い上げ、他に落ちていないか探した。

「残念、魔石だけか」

ビッグウィーゼルが初級治癒魔法薬をドロップするのは、八匹倒して一回という確率らしい。そのまま狩りを続け、六匹目のビッグウィーゼルを仕留めた時に初級治癒魔法薬がドロップした。

「よし、一個目ゲットだ」

初級治癒魔法薬は三個ほど欲しいと思っていたので、まだまだビッグウィーゼル狩りを続けなければならない。俺は魔力が乏しくなったのを感じて地上に戻る事にした。

「何だ？」

戻る途中、D粒子のゆらぎを感じて立ち止まった。戦鉈を抜き、身構える。周囲を見ると大きな木に囲まれている。俺は『センシングゾーン』を発動してD粒子センサーに意識を集中した。すると、見えない魔物の動きを感じた。

「こいつか？」

七メートルほど離れた場所に、透明な魔物が立っているようだ。どういう仕掛けなんだろう？　俺は『ジャベリン』を使って見えない魔物を攻撃した。飛翔《ひしょう》するD粒子の槍《やり》が見えない魔物の横を取りすぎて木の幹《みき》に突き刺さる。透明な魔物が俺に向かって迫《せま》って来る。五重起動の『プッシュ』を発動し、D粒子プレートを魔物に叩き付けた。

透明な魔物は撥ね飛ばされて地面を転がる。俺の魔法が発動したせいで大気中のD粒子が掻《か》き乱《みだ》された。そのため透明な魔物の位置が分からなくなった。

「面倒な魔物だ」

俺は後ろに下がった。D粒子が掻き乱されている場所から距離を取ろうと考えたのだ。D粒子センサーに意識を集中したが、魔物を感じられなかった。

「逃げたのか？」

俺は慎重に戻り始めた。魔力も心許《こころもと》ないし、かなり疲れている。これ以上戦うのは得策ではないと判断したのだ。地上に戻った時には、日が沈んで暗くなっていた。

俺は冒険者ギルドへ向かった。受付に行くと五層で透明な魔物と戦った事を報告した。

「それはどのような魔物だったのです？」

「見えなかった。透明な魔物だったんだ」

俺がそう言った時、後ろから声が上がる。

「おい、本当に見たのか？」

声のした方を見ると、資料室で会った桐生という冒険者だった。

「いえ、見ていませんよ。透明な魔物だと言ったはずです」

「だったら、なぜ魔物だと分かったんだ。おかしいだろ」

「攻撃魔法使いは、見えなくても魔力で位置が分かる。同じように生活魔法使いもD粒子の動きで魔物の位置が分かるんだ」

それを聞いた桐生が、一瞬だけニヤッという笑いを浮かべた。

「へえー、面白いな。僕がその魔物の正体を暴いてやるよ」

魔物の正体を暴いたら、有名になれるとか、冒険者ギルドの大きな実績になると考えたようだ。俺としては勝手にしてくれという気分である。俺の目的は初級治癒魔法薬なので、ビッグウィーゼル狩りの邪魔にならなければ良い。

桐生はこの支部で攻撃魔法使いの成長株らしい。E級だが、もうすぐD級になると噂《うわさ》されるほどだと聞いた。ならば、透明な魔物が相手でも倒せるだろう。

「それは助かる」

ビッグウィーゼル狩りに邪魔な透明な魔物を倒してくれるというなら、大歓迎《だいかんげい》である。

「まだビッグウィーゼル狩りを続けるつもりなのか?」

「まだ初級治癒魔法薬の数が足りないんだよ」

桐生は納得したように頷いた。

その後、俺は朝比奈師範の家に戻った。埼玉に滞在中は泊めてくれるという話になっているのだ。道場に明かりが灯《とも》っていたので道場へ行くと、三橋師範と朝比奈師範が組み手をしていた。

道場の中央で向き合った二人はじりじりと間合いを詰めて、突きの間合いに入った瞬間、三橋師範が朝比奈師範の懐《ふところ》に飛び込んで突きを放った。その攻撃を朝比奈師範が右手で払い、突き手を捉えて四方投げに繋《つな》げる。三橋師範は逆らわずに自分から飛んで空中で一回転して足から着地する。次の瞬間、三橋師範が朝比奈師範の手を振り放してローキックを放つ。それを避けるために朝比奈師範が後ろに跳んだ。

朝比奈師範は合気道の師範なのに打撃の捌《さば》きが上手《うま》い。突きや蹴りを当然のように捌いているので、かなり捌く練習をしていると分かる。

「合気道家が、打撃に慣れているというのは、珍しいな」

俺は朝比奈師範の捌きと投げに注目した。打撃を慣れた動きで捌き、関節を決めて投げる。関節技や投げに当たり前のように対応している三橋師範も、さすがだと思う。二人の動きが激しくなり、最後には三橋師範の三日月蹴りが朝比奈師範の腹に決まって組み手が終わった。

「衰《おとろ》えるどころか、益々《ますます》鋭さが増しているではないか」

朝比奈師範が三橋師範の動きを褒めた。

「弟子が増えたからな。その御蔭《おかげ》だろう」

二人の師範は、お互いがどれほど修業が進んだかを確かめたようだ。俺たちは母屋に戻って夕食の準備を始めた。朝比奈師範の家族は娘だけで、その娘も結婚しているので一人暮《ひとりぐ》らしだそうだ。食事は自炊しているようだが、大したものは作れないという。あり合わせのもので夕食を作って食べた後、俺はダンジョンで遭遇した透明な魔物について二人に話した。

「なるほど、森に居る魔物は、グリムがダンジョンで遭遇した魔物と同じかもしれないというのだな？」

三橋師範が確認する。

「ええ、そうです。たぶん昆虫系の魔物で、素手では倒せないと思います」

朝比奈師範が難しい顔になった。

「そうなると、私ではどうにもならないな」

冒険者でない朝比奈師範は、武器を持っていないのでどうしようもない。俺と三橋師範で倒すか、冒険者ギルドに通報して魔物を倒す冒険者を派遣してもらうかだ。

「明日、俺と三橋師範で倒せなかったら、冒険者ギルドに通報しましょう」

本来ならすぐに冒険者ギルドへ通報するべきなのだが、一度冒険者ギルドには通報して調べてもらっている。確実に魔物だと確かめないと、動いてくれないのではないかという話になったのだ。

魔物の中には『宿無し』と呼ばれる魔物がいる。宿無しはダンジョンの一つの層に留まらず、別の層にも行けるという特徴がある。これは階段を上って移動するという訳ではないらしい。学説の一つには、近距離転移みたいな能力があるのではないかと言われている。

「とにかく、明日になったら、森を捜してみよう」

三橋師範が言った。

「分かりました」

次の日、俺と三橋師範は森へと向かった。森に入って少し進んだところで、何かの気配を感じた三橋師範が立ち止まる。俺はD粒子センサーに集中した。何かが動くD粒子のゆらぎを感じたが、それが魔物なのかどうかが分からない。何かの動物だという可能性もあったからだ。

「こっちだ」

三橋師範が左の方向へ進む。俺は後ろから付いて行く。そして、前方に何かが居るのをD粒子の動きが感じた。この時は『センシングゾーン』を発動していなかったので、微《かす》かな手応えだった。三橋師範から『センシングゾーン』を使わずにD粒子センサーに意識を集中しろと指示されていたのだ。俺は心の中で気合を入れて前方に注意を向ける。

「グリム、殺気を出すな。明鏡止水《めいきょうしすい》だ」

三橋師範から怒られた。ちなみに、明鏡止水というのは邪念《じゃねん》のない落ち着いた静かな心の事である。俺は興奮《こうふん》する心を抑え静かな心になろうと気持ちを落ち着かせる。そう努力していた時、D粒子センサーがD粒子の動きを捉えた。そちらに目を向けると、木々が目に映るだけで何も見えない。

三橋師範は気配で分かるらしく、『ジャベリン』を発動して攻撃した。その瞬間、雑草がガサッと揺れて何かが避ける気配が分かった。俺も気配に向かって『ジャベリン』で攻撃する。

魔法を起動する時は、どうしてもＤ粒子センサーから注意が逸《そ》れるので、透明な魔物の位置を見失う事になるようだ。俺の攻撃も躱され、透明な魔物が三橋師範に襲い掛かった。

三橋師範が五重起動の『プッシュ』を発動し、Ｄ粒子プレートを魔物に叩き付けた。その瞬間、ダメージを受けたせいだろうか、透明だった魔物が目で見えるようになった。それは巨大なカマキリで、鋭い鎌《かま》を持っていた。チャンスだと思った俺は、五重起動の『ブレード』を発動し、Ｄ粒子の刃を振り下ろす。巨大なカマキリは避けようとしたが、間に合わずにＤ粒子の刃がカマキリの胸を切り裂く。

「カマキリか？」

三橋師範が呟いた。そのカマキリの魔物は地面に倒れ、動かなくなった。ダンジョンの外で死んだ魔物は、光の粒になって消える事はない。ダンジョンエラーと同じ状態になるのだ。

「こいつは、どうやって透明になっていたんでしょうね？」

俺が疑問を口にすると、三橋師範が自分にも分からんという顔をする。

「それより、この死体はどうするんだ？」

「袋に詰めて、冒険者ギルドへ持っていきます。たぶん研究材料として、買い取ってくれるはずです」

俺は三橋師範に手伝ってもらって大きな布袋に死体を入れ、それをマジックポーチに仕舞った。朝比奈師範の家に戻り、魔物の死体を見せて安心させてから冒険者ギルドへ向かう。

「支部長を呼んでもらえないか」

受付で支部長の呼び出しを頼むと、女性の職員が困ったような顔をする。

「どのような御用件でしょうか？」

「ダンジョンの外で、魔物を仕留めたんだ」

「えっ！　……すぐ支部長に伝えます」

しばらくして、支部長だと思われる中年男性が奥から出てきた。

「ダンジョンの外で魔物を仕留めたというのは、何かの間違いじゃないのかね？」

俺は面倒臭いなと思いながら、本当に仕留めたんだと説明し、マジックポーチに仕舞った死体を出す。それを見た支部長と受付が顔色を変える。

「ほ、本当だったのか。しかし、その森は調査したはず」

「この魔物は、何かの方法で透明になれるようなんです」

「透明に……もしかして、神流ダンジョンの五層で発見されたという魔物と同じものか？」

俺に質問している訳ではないようなので、答えなかった。

「こういう死体は、冒険者ギルドが買い取ると聞いた事があるんですが、どうなんです？」

「ああ、買い取るとも、二百万でどうだね？」

相場《そうば》が全く分からない俺は、三橋師範に視線を向ける。

「魔物の死体の相場など分からん。任せる」

「分かりました。二百万で売ります」

オークションに出せば、それ以上になると分かっているが、そんなに時間を掛けると死体が腐ってしまう。それを防ぐために冷凍庫などを用意する必要があり、それも費用が掛かる。総合的に考えれば、冒険者ギルドへ売る方が良いと計算したのである。

俺と三橋師範の銀行口座に代金を振り込む手続きをして、冒険者ギルドを出た。

「グリムは、まだビッグウィーゼル狩りを続けるのか？」

「ええ、後二つの初級治癒魔法薬が欲しいんです」

「ならば、アドバイスしておこう」

何の事だと首を傾《かし》げた。

「アドバイスというのは、何でしょう？」

「D粒子センサーの事だ。グリムは探査範囲を広げようと頑張っているようだが、それだけではいかん。D粒子センサーで手に入れた情報を分析する能力も伸ばさねば、宝の持ち腐《ぐさ》れだぞ」

「分かりました。でも、どういう修業をすればいいでしょう？」

「気配を読むために行う感覚を研ぎ澄ます修業では、目を閉じて修業した。同じようにすればいいのではないか」

「はい、やってみます」

その日から視力に頼らずに、D粒子センサーだけの情報で生活する修業を始める事にした。

その夜、部屋の中で目を閉じてD粒子センサーの情報だけで普段の行動ができるか試してみた。

D粒子を感じるためには、それを感じる触覚のような感覚器官を使う。

その感覚器官を持つのは、生活魔法の才能を持つ者だけである。暗闇の中でD粒子センサーから情報が入ってくる。だが、それを視覚のような明確な形にするのは難しそうだ。それでも何か物体がある事や動いているものであるのは分かる。

D粒子センサーの情報だけで周囲の様子がおぼろげながら分かるようになる。その修業を十五分くらい続け、集中力が続かなくなると休んでから、また同じ修業を続けた。合計で二時間ほど修業を続けると、周囲の物の位置や形が頭の中でイメージとしてぼんやりと形を成すようになった。

「ふうーっ、これを続けると、視覚と同じように見えるようになるのかな？」

まだ正確なイメージではないが、少しずつ進歩するのなら続けよう。


その翌日、俺は神流ダンジョンへ入った。最短ルートで五層まで行くと、ビッグウィーゼル狩りを始める。三時間ほど狩りを続けて七匹目のビッグウィーゼルを仕留めた時に、初級治癒魔法薬がドロップした。そのまま狩りを続け、十四匹目に再び初級治癒魔法薬がドロップする。

「よし、目標達成だ」

手に入れた初級治癒魔法薬を仕舞って地上に戻ろうとした時、何かが戦っている音が聞こえた。そちらの方へ行くと、冒険者ギルドで会った桐生が、何かと戦っていた。敵の姿が見えないので、相手はあの透明なカマキリの魔物なのだろう。俺は木の陰から見守る事にした。

桐生は攻撃魔法使いなので、相手の魔力を感知して戦っているはずだが、何だかバタバタしている。桐生は相手の魔力が見えているのだろうか？　いや、見えているから戦えるのだろうが、俺のD粒子センサーと同じで中途半端な技量のようだ。俺はD粒子センサーに意識を集中した。すると、透明な魔物の姿がおぼろげながら見えてくる。

見えるというのは正確ではないのだが、D粒子センサーから入る情報を基《もと》に映像のようにイメージ化する事が少しずつできるようになっている。それにより透明な魔物の影のような姿が、俺には見えるようになっていた。その時、カマキリの鋭利な鎌が桐生の頬《ほお》を切り裂いた。

「うわっ、危ないな」

俺は呟いた。桐生に声を掛けると、それにより隙《すき》が生まれそうなので、聞こえないように配《はい》慮《りょ》する。桐生が戦う様子を見て、視力以外に敵の動きを見る手段は重要だと感じた。生活魔法使いにとってD粒子センサーは思っていた以上に重要であり、鍛えねばならないもののようだ。

桐生の戦いを見守っていたが、段々と劣勢《れっせい》になっていく。大丈夫なのかと思いながら、冒険者ギルドで自信満々だった彼の姿を思い出す。桐生は魔物の動きが見えているようだが、魔力で感知した情報だけで戦う訓練をした事がないようだ。もしかすると、魔力から得られる情報は、D粒子センサー以上にあやふやなものなのかもしれない。

桐生は殺気を感じると避けるという事を繰り返している。魔力からの情報より、殺気を重要視しているように見える。それに気付いた透明な魔物は、殺気をフェイントに使う事を覚えたようだ。そのフェイントに引っ掛かった桐生が、隙を作った。そこに魔物の攻撃が命中する。たぶん鎌のようなカマキリの前足による攻撃が、桐生の腹を切り裂いた。桐生が倒れるのを目にした俺は、木の陰から飛び出して五重起動の『ジャベリン』を発動し、D粒子の槍を透明な魔物に放つ。空気を切り裂いて飛翔したD粒子の槍は、透明な魔物を掠《かす》めて背後にある木に突き刺さった。すると、透明な魔物が桐生を無視して俺に向かってきた。

D粒子センサーの修業は始めたばかりだが、それでも効果があったようだ。影のような魔物の姿が頭の中に浮かび上がり、それが鎌のような手を振りかざすのが見えた。反射的に五重起動の『プッシュ』で迎撃《げいげき》。透明な魔物が撥ね返されて地面を転がる。

俺は地面に倒れた魔物を追撃し、五重起動の『ブレード』を発動してD粒子の刃を振り下ろした。その刃が影のような魔物の首を飛ばす。すると、透明だった魔物がカマキリの姿を現し、地面に倒れた。魔物が消えてドロップした魔石が残る。それを回収すると桐生のところへ向かった。

「大丈夫か？」

「魔法薬を飲んだから、もう少しジッとしていたら動けるようになる」

桐生は意気消沈した顔で、俺に向かって礼を言った。それから回復した桐生と一緒に地上へ戻り、冒険者ギルドに報告する。

「なるほど、五層の見えない魔物は、研究用に買い取りした魔物と同じだったのですね？」

「そうです。間違いありません」

「あの魔物は、鑑定して『トランスマンティス』と判明したそうですよ」

俺と三橋師範は、トランスマンティスを日本で初めて倒した冒険者として記録に残るらしい。

受付から『おめでとうございます』と言われ、照れ笑いした。

あとがき

お読み頂きありがとうございます。月汰元《つきたげん》です。

この物語の主人公は、魔法学院の教師でした。教員免許を持たずに教師になれるのかという疑問を持つ読者も多いでしょう。しかし、現在の社会においても専門知識を持つ者が教師の仕事をするという事があるそうです。それは特別非常勤講師や特別免許状の制度を利用して教師になる方法です。

例としては、看護師の経験と知識のある人が『看護』を教えたり、元オリンピック選手が『保健体育』を教えたりするような事が実際にあるという事です。この作品の中では、主人公が生活魔法を教えていますが、経験豊かな生活魔法使いが教えるというのが本来の姿です。

ですが、物語の社会では生活魔法使いが極端に少ない世の中となっています。それは生活魔法が未発達だという事もありますが、社会が生活魔法を必要としていないという事も原因の一つです。物語の社会は集積回路が使えなくなった事で科学文明が後退しています。ただアナログ文化は残っており、掃除機、洗濯機、ブラウン管テレビ、ラジオ、冷蔵庫、ライターなどが存在しています。

これらの機械が全てなくなっていたなら、生活魔法も必要に迫られて発達したかもしれません。しかし、それらの便利な機械があるので生活魔法は必要とされませんでした。

主人公が本当の意味での生活魔法を開発せず、ダンジョンで使える魔法を中心に開発しているのは、それらの機械が原因です。誰でも使える機械があるのに、同じような機能の生活魔法を開発するのは意味がない。そう主人公は考えたのです。


話は変わりますが、物語の世界における冒険者の人口について考えてみました。作品の中で世界の人口は半分ほどになったと書いています。現在の世界人口は約八十億人ですので、半分だと四十億人となります。そうなると、日本の人口は五千万人から六千万人になるでしょう。

作品の中で日本の冒険者の数は、五十万人ほどと書いていますので、日本の人口を五千万人と仮定すると、冒険者になる者は百人に一人という事になります。これを世界に拡大して考えると、世界人口が四十億人ですので冒険者の数は、四千万人になります。思っていた以上に多いですね。

この四千万人という数字は冒険者ギルドに登録している数ですので、本格的に冒険者として活動している人数を二割くらいと仮定すると、八百万人が冒険者として本格的に活動している事になります。

この数も多いと感じたのですが、現世界の軍人が一千万人を軽く超え、日本の自動車産業の就業人数が五百五十万人ほどだという事を考えると妥当な数字かもしれません。

八百万人という冒険者の人数が、作品中の何に関係しているかというと、主人公が新しい魔法を魔法庁に登録した時の顧客候補の人数と関係しています。

もちろん、生活魔法の才能がある者しか買わないでしょうから、八百万人の一割が生活魔法の才能を持っていたと仮定して八十万人になります。登録した魔法が一つ売れた時に五千円の利益が出るとすると、一万人に売れて五千万円、二万人で一億円の利益になる。バズれば凄い事になりそうです。

こういう計算をしながら小説を書くのは面倒なのですが、自分なりに納得いくものを書こうとすると、こういう作業も必要になります。

二〇二三年二月十五日　　月汰元

ありがとうございます

生活《せいかつ》魔法《まほう》使《つか》いの下剋上《げこくじょう》２

2023年4月28日　初版発行

著　者　月汰元《つきたげん》

イラスト　himesuz

発行者　山下直久

発　行　株式会社KADOKAWA

〒102-8177 東京都千代田区富士見2-13-3

電話 0570-002-301（ナビダイヤル）

編集企画　ファミ通文庫編集部

デザイン　横山券露央、小野寺菜緒（ビーワークス）

写植・製版　株式会社オノ・エーワン

印刷・製本　凸版印刷株式会社

●お問い合わせ
https://www.kadokawa.co.jp/（「お問い合わせ」へお進みください）
※内容によっては、お答えできない場合があります。
※サポートは日本国内のみとさせていただきます。
※Japanese text only

ISBN978-4-04-737439-3 C0093　定価はカバーに表示してあります。

朝起きたら
探索者《シーカー》になっていたので
ダンジョンに潜ってみる
いかぽん
[Illustrator] tef
ジョン用武具店

スキル《ダンジョン生成》を
使ったら、
最強魔王六人の
主になっていた!?
activation
{ Dungeon Generation }
未実装の
ラスボス達が
仲間に
なりました。
The unimplemented end-stage enemys have joined us!
Author ながワサビ64
Illust. かわく

修太郎と
魔王たちの邂逅は、
デスゲーム世界の
希望となるのか!?
《START: DEATH GAME》
ゲーム内に
閉じ込められた
プレイヤーたちも、
それぞれの思いを
賭けて奔走する!!
The unimple
mented
end-stage enemys
have joined us!
contract: { BOSS MOB }
The Six Demon Kings
and the Lord of the Dungeon